一个村里的俩书记

第一书记工作纪实

金栋 著

山东美术出版社

图书在版编目（CIP）数据

一个村里的俩书记：第一书记工作纪实 / 金栋著
. -- 济南：山东美术出版社, 2021.7（2023.6 重印）

ISBN 978-7-5330-8830-9

Ⅰ. ①一… Ⅱ. ①金… Ⅲ. ①纪实文学－中国－当代
Ⅳ. ①I25

中国版本图书馆CIP数据核字(2021)第116485号

一个村里的俩书记 第一书记工作纪实

YI GE CUN LI DE LIA SHU JI DI YI SHU JI GONG ZUO JI SHI

责任编辑： 常馨鑫
封面设计： 王海涛
版式设计： 袁 祯

主管单位： 山东出版传媒股份有限公司
出版发行： 山东美术出版社
济南市历下区舜耕路 517 号书苑广场 10 楼（邮编：250005）
http://www.sdmspub.com
E-mail：sdmscbs@163.com
电话：（0531）82098268 传真：（0531）82066185
山东美术出版社发行部
济南市历下区舜耕路 517 号书苑广场 10 楼（邮编：250005）
电话：（0531）86193019 86193028
制版印刷： 三河市嵩川印刷有限公司
开　　本： 787mm × 1092mm 1/16 12 印张
字　　数： 180千
版　　次： 2021年7月第1版 2023 年6月第2次印刷
定　　价： 29.80 元

前 言

在很多人眼里，我是一个幸运的人：名牌大学硕士毕业，省直机关公务员，经历过三年基层工作锻炼；工作上顺心如意，生活上幸福美满，一切都是水到渠成。我也一度觉得自己是一个得到上天眷顾的人。

我依然清晰地记得，十岁那年的一天，在闷湿的蔬菜大棚里，母亲一边忙着摘黄瓜，一边再三叮嘱跟在后面打杂的我：一定要好好学习，将来摆脱地里刨钱的苦日子，到城里过上好生活。

早已习惯了农村的生活，也从未感受过城里的好日子，我并不认为农村的生活是苦的。所以，那时对生活还没有好坏的概念。但是，我依然按照父母的意愿，通过不断地努力学习，最终实现了他们的愿望：离开了农村，来到了城市，并且得到了相对稳定和体面的工作，过上了他们理想中的好生活。

但是，生活往往是喜欢开玩笑的。父母不曾想到，我自己也未曾想到，在参加工作的第四年，我又回到了那个自己通过二十多年努力奋斗才离开的农村，而且一待就是三年。或许，这就是我与农村的不解之缘。

2010年刚参加工作的时候，我曾在心里默默地告诉自己：不求将来有何成绩，但一定要努力做一些实事，哪怕一丁点，也会感到欣慰。或许，这就是我的初心吧。而现在，机会真的来了。

2012年起，山东省开展了选派第一书记到贫困村抓党建促脱贫工作。2014年，我主动报名并有幸成为其中的一员，参与到这场在中国扶贫开发史上具有重大意义的攻坚战中。更为庆幸的是，我成为为数不多的两轮连任、三年任职的省派第一书记，我们的扶贫工作还被中央电视台《新闻联播》专题报道。

这个在我生命中留下深刻印记的地方叫费县。

费县，隶属临沂市，位于山东省中南部，红色革命老区，距离济南大约260公里，当时不通高铁，只有绿皮火车。在此之前，我从未到过费县，甚至对费县的名字都十分陌生。所以，在确定到费县工作之后，我迅速在互联网上检索了有关信息。当时，费县在我脑海中大抵就是上述的样子，无关贫富，只是多了一份责任和牵挂。

2014年，我从大明湖畔来到了涑河之源，离开了温馨的小家，离开了刚满8个月的儿子，离开了省直机关的岗位，开启了一段新的工作历程。有一点儿紧张，也有些许期待。4月22日，我到达了驻村工作的第一站：费县南张庄乡（现更名为东蒙镇）小贤河村。在这里，我深刻地体会到，农村生活与农村工作是两码事。自然村、飞地等这些新鲜而又陌生的词让我困惑了好长时间；扶贫帮困、修路架桥、危房改造等成了日常生活和工作的中心；农村闲置宅基地处置、农村宗教信仰等问题，让我不断思考并尝试探索实践，但由于种种原因未能将实践进一步深入而留下遗憾。此外，小贤河村还是我产生殡葬改革想法的萌芽地。

2015年2月10日，我到达了驻村工作的第二站：费县马庄镇核桃峪村。基于在小贤河村的工作经历，我已经相对熟悉了当地的风土人情，对第一书记的工作也有了进一步的理解和认识，所以，省去了第二轮驻村工作的“适应期”和“过渡期”。入村半年时间，就成功推动殡葬改革，经验做法在全县得以推广，2016年9月，临沂市乡村文明行动移风易俗工作现场推进会在核桃峪村召开。后来，又创建了核桃山谷品牌（“核桃峪”村名拆分）和挂枝树鸡品牌（“挂职书记”谐音），有效增加了群众的收入。同时，修路、蓄水等常规帮扶工作也在有序推进。

这三年，走街入户，家长里短，让我深入了解了当前农村的现状和农民的生活。这三年，凝心聚力，攻坚克难，让我切身体会到了农村发展的问题和基层工作的不易。这三年，顶住压力，主动出击，主要工作可以用“1234”概括：1是一心一意为群众服务，心无旁骛抓改革、抓发展、抓脱贫；2是打造两个品牌，核桃山谷和挂枝树鸡；3是给村里留下三样东西，那就是脱贫致富的硬件基础、不断完善的规章制度、有效激活的内生动力；4是脱贫攻坚“四大战役”，那就是殡葬改革、土地流转、集中改良、林下养殖。

无论改革成效如何，无论后续发展如何，至少我努力了，也对得起当初的誓言：一要经得起组织检验，二要经得起群众检验，三要经得起时间检验，四要经得起良心检验。我曾经想过，在未来的五年、十年、二十年等节点，我要找机会回去看看，看看这些项目是否真正经受住了考验；看看并肩作战的战友，他们的观念是否随着时间的推移而改变。

驻村三年，我看到了过去所看不到的，听到了过去所听不到的，想到了过去所想不到的。或因为客观因素限制，或由于个人能力不足，有些问题不能及时有效处理，但是一个人在昏黄的灯光下深入思索也算一种收获吧。

思索需要集思广益，工作需要团结一致。很庆幸，我遇到了好团队、好同事，大家拿我当兄弟一样对待，工作上带着我、帮着我，生活上关心我、照顾我；很庆幸，我遇到了好群众、好干部，大家与我并肩作战，再多的困难都与我一起克服，再多的委屈都与我一起承受；很庆幸，我赶上了新时代，赶上了好时代，好的政策能够有效落实到农村一线，好的平台让我得到了充分锻炼。

写下这些故事，主要是想给自己的人生留下一点印记。2020年，离开核桃峪的第五年，个人第一个五年计划的时间点；2020年，个人参加工作整十年，应该认真进行梳理和总结；2020年，脱贫攻坚的决胜之年，以此作为工作纪念和见证。2020年，注定是我人生中不平凡的一年。

曾经，给这本小册子取了很多的名字，比如《驻村纪实》《驻村工作汇编》《第一书记日记》等等，但总觉得有些俗气，既概括得不全面，也体现不出特色。苦恼时，突然想起《新闻联播》报道时的标题《一个村里的俩书记》，这个标题实在是恰到好处，索性拿来主义。当然，选择这个名字更主要是为了感谢为这条新闻报道做出巨大努力的中央电视台郭茜、杜雷鸣、卢武老师和幕后策划的梁丽娟老师，还有山东电视台廖亮老师，临沂电视台和费县电视台的各位记者朋友及相关工作人员。此外，中央电视台经济频道韩东、孙旻浩老师，先后三次到村采访报道“挂枝树鸡”，为父老乡亲脱贫致富做出了重要贡献，在此一并感谢。异地三年，所经历的事，所认识的人，都将成为一生中最美好的回忆。

任职第一书记，不仅是一段工作经历，也是一个学习过程，更是一次人生洗礼。驻村三年，有足够的时间在基层走一走，看一看，想一想，写一写，在锻炼“四力”的同时提升综合素质。服务群众，融入大局，这是我对工作的理解和体会，也是对工作的永恒追求。

我始终相信，越努力越幸运，机会总是留给有准备的人。回顾这三年，我是幸福的，也是幸运的。三年，满满的都是收获，有历练、有思索、有改变。这一切，都是我人生的财富。

由于个人水平有限和时间仓促，驻村工作存在一些不足，本书写作过程中也可能出现疏漏及错误，恳请大家批评指正。

目 录

·第一章 初入核桃峪·

·第二章 殡葬改革·

[前期准备]

〔后续反思〕

·第三章　核桃山谷和挂枝树鸡·

·第四章　核桃产业·

第一章 初入核桃峪

俗话讲，万事开头难。到贫困山村开展脱贫攻坚工作，对于一个毫无基层工作经历、刚满30岁的省直机关同志来说，无异于一场人生大考。最初的迷茫、无助和忧虑，早已烟消云散；曾经的收获、喜悦和成长，也会激励一生。三年时光，一千多个日夜，那人那事那景，都将铭记于心，温暖着我的人生。

“下马威”式的见面礼

2015 年 2 月 10 日（农历腊月二十二），结束了在临沂大学为期一周的集中培训后，我怀着激动、期待又紧张的心情，来到了未来两年生活和工作的地方——费县。

当天下午，费县县委、县政府主要负责同志与省派挂职县委副书记、省派第一书记召开了简单的座谈会。会后，第一书记与各乡镇组织部门的负责同志对接，直接前往各自的帮扶村。

早在培训前，我已经拿到了帮扶村的基本资料：核桃峪村位于费县县城正南 12 公里处，距离马庄镇政府驻地约 18 公里，辖大湾、杏树湾和土山后三个自然村，林地面积达 8000 余亩，共有 451 户，1352 人，核桃是村里的主导产业。

为了能够给初次见面的未来“合作伙伴”留下好印象，我还是利用路上的间隙再次翻阅了村子的资料，进一步熟悉村“两委”成员信息。我相信，第一次见面很愉快的话，一定会有助于日后的相处和工作。

寒冬时节，山谷里的核桃树光秃秃地矗立着，青石岭的山头渲染出一丝荒凉与贫瘠。说不清，当时心里是一种什么样的滋味。

经过一段环山路，汽车缓缓地停在了核桃峪村委门前。我快速地环顾了一下村委大院，根据沿途的观察和村委办公室的情况判断，村里的经济状况比预期要好，心里也就相对踏实了一些。

来核桃峪村的路上，我一直在想象与村委成员见面时的热闹情景：村支部书记热情地欢迎第一书记，满腔热忱地介绍着村“两委”成员和村里的基本情况，大家一起憧憬着核桃峪村的美好未来……

我们一行人刚刚下车，从村委办公室里急急忙忙走出来一位个头不高、50 岁出头、衣着朴素、满脸笑容的男同志，在他身后还有几位村干部模样的同志。我断定，最前面的人一定是村支部书记陈庆亮，因为这时候没人会抢“一把手”的风头。我便也加快步伐，并报以笑容，主动伸手说：“陈书记您好，今后多多关照！”

“陈书记”略显尴尬地说，陈庆亮书记临时有事没能赶来，他是村会计陈凡祥，先代表陈书记接待我，身后是村里的其他几位干部。

听完这句话，我自己也尴尬了，心里早先预演的场景随之全部被推翻，刚才的自信也瞬间荡然无存。不过，毕竟不是第一次遇到类似的尴尬事情了，而且我也不在意这些细节，大家哈哈一笑就过去了。陈会计简单地介绍了几位村干部和村里的情况，我也简单地介绍了自己，大家就算认识了。第一次见面就这样平淡地过去了。

晚上躺在宿舍床上，我的脑子里开始过滤白天的事情，特别是陈书记不露面这一“意外”情况。

之所以称为“意外”，是因为第一书记初次到村，特别是还有乡镇领导陪同，没有特殊情况的话，村支部书记一般都会出面迎接。这既是惯例，也是礼节。如果按照陈会计的“临时有事”来解释，也说得过去，谁家里还没有点急事呢。虽然自我安慰着，但心里总有一丝不安：是不重视、不在乎第一书记，还是在故意试探第一书记？这件事，让我对与陈书记见面多了一份期待和顾虑。

与陈庆亮书记交流村里工作

第二天，就是农历腊月二十三，我们俗称的“小年”。

根据安排，单位领导代表全体干部职工到核桃峪村走访慰问困难群众。由于第一书记刚入村不熟悉情况，乡镇就安排村干部确定走访对象，并带队走访慰问。

农村工作中，村支部书记几乎是村干部的代称，是具体工作的负责人，特别是迎接检查、汇报工作，更是别无他选。所以，我心里认定带队人就是陈书记。

但是，陈书记昨天没露面，今天会不会依然不现身呢？如果陈书记还不出面，又该如何解释呢？

越是怕什么，越是来什么。走访慰问时，陈书记依然没有出现，仍然是由陈会计带队，理由还是临时有事。虽然慰问活动很顺利，但我心里却开始打鼓了。

活动结束后，我的心情久久不能平复，陈书记连续两次“临时有事”，且未说明具体原因，背后一定有问题。如果真如我的猜测，他一定是在背后故意地试探我，那今后的工作一定很困难。突然间，我的脑海中闪现出《马向阳下乡记》中的“二叔”，陈书记会不会也在某个角落里，拿着望远镜悄悄地观察着我的一举一动呢？

刚到核桃峪村，连续两天入村活动，支部书记都没露面，心中原本的热情被硬生生地浇灭。虽然不知道背后真实的原因，但总觉得没有“面子”，更担心这是老书记给新书记的“下马威”，心里顿时生出一份苦闷！

被嫌弃的“小官”

陈庆亮书记一直不露面让我心里很不痛快，但对于一位“工龄”比我年龄还长的老同志，我还是谦虚低调些好。所以，这个问题我一直没有提起。

直到春节放假，我也没能见到陈书记，村里工作多由陈会计主持。

节后上班第一天，听说陈书记正好在家，我便主动约好时间前往拜访：

与群众交谈

一来给老书记拜年，也算正式见面；二来沟通交流村里的情况，盘算一下今年的工作。

因为前几次的“意外情况”，我在心里早早地给陈书记“画了像”，他是否就是《马向阳下乡记》里面“二叔”的样子？还是我分析失误，而他实际是一位慈祥的老人呢？尽管我做好了各种心理准备，但是第一次见面还是给我留下了深刻的印象——单拐。

陈书记大概一米八的个头，年龄已近60岁，但精神矍铄，气场十足。身体谈不上健硕，总体也算硬朗，唯独一根单拐又为他增添了一份神秘。

初次见面，陈书记非常热情，一边安排家里人沏茶倒水，一边留我在家里吃午饭。简单寒暄之后，我们便转入工作话题。谈到工作，陈书记更是充满激情，将30多年来的“主政”历程娓娓道来，仿佛一切就发生在昨天。

听完他的故事，我发自内心地佩服。一个人带领全村父老乡亲经过30年的艰苦奋斗，硬生生地在贫瘠的青石岭上开辟出一片热土，这何尝不是一种人生壮举啊！

陈书记讲得越精彩，我的心理压力就越大。对这样一位成绩卓越、德高望重的老书记，今后的合作该如何把握尺度？能不能愉快地相处？我心里没有一点底气。

随着时间的推移，我们的话题也变得随意起来，陈书记还跟我聊起了他脚踝受伤的故事。去年，村里清理路基，需要对道路两旁的树木进行砍伐，他就在这个过程中不小心摔伤了脚踝。从某种意义上讲，这还得算是“工伤”。

年前，他恰巧在医院做脚踝手术，所以一直没能与我见面。

直到此时，我才终于解开了心里的疙瘩，心情也瞬间顺畅起来。更庆幸自己没有遇到“二叔”式的村干部，而是一位能干事、肯干事的好书记。

整个聊天过程，陈书记神采奕奕，丝毫不受腿伤的影响，显示出他豪爽、大气的性格。虽然我们是第一次见面，但相谈甚欢，大有相见恨晚的感觉。

后来的生活和工作中，我们相互尊重，相互支持，在稳步推进村里工作的同时，也进一步增进了我们之间的友谊，逐渐成了无话不谈的朋友。

有一天，在村里忙完工作，大家随之放松下来，话题也越扯越宽。这时，陈书记点燃手里的一支烟，慢悠悠地、笑着跟我说：“之前咱俩不太熟啊，有个事也没跟你讲起过。年前听说省里要安排三位第一书记到马庄镇包村，其中两个人是处级干部，一人是正科级干部。我就给镇里领导打电话，一定要给核桃峪村安排一个第一书记，而且还要安排‘大官’，因为‘大官’能给村里争取更大的项目和更多的资金啊。但是镇里领导说，人员已经定好，两个处级干部安排到了别的村子，科级干部分给了核桃峪村，而且方案已经报给上级，不能更改。听到最小的‘官’给核桃峪村，我当时就不想‘要’你了！ 30 岁的小孩，还不如我家孩子的年龄大，来了之后能干啥啊？说不定一点项目和资金也争取不来，我既得敬着，又得供着，白操两年的心，还不如不要你呢！但不管我怎么争取，最终也没能改变结果。后来一想，大不了交个朋友，当个亲戚吧，总比没有强啊！”

陈庆亮书记一点也不避讳，而且讲起来也很幽默，大家听完之后哄堂大笑，我也在一旁自嘲地附和着：“一个省直机关干部居然沦落到被村干部看不起的地步了！”大家随之又是一阵大笑。

我能理解陈书记的心情，这也是他为村里着想的体现。基层工作，特别是村子里的具体工作，没有钱近乎扯淡。而陈书记想要“大官”，无非是希望其能给村里争取大项目、大资金，为群众脱贫致富创造更好的条件。

虽然陈庆亮书记比我父亲年龄还大，但在工作中我一直拿他当老大哥。随着关系的熟络，彼此间也经常开玩笑，我们的感情在嘻嘻哈哈中不断增进。

现在回想起来，陈书记当时能把嫌弃我的事情告诉我，既是他坦诚爽朗的体现，也有对我充分的认可和信任。

走对路线进错村

我第一次进村是由镇上领导陪同来的，主要是出于礼节，再就是考虑到我不熟悉路途。但我总不能每次都要人家陪着进村吧，所以，当务之急就是要尽快熟悉进村的路线。

总的来说，核桃峪村是由大湾、杏树湾和土山后三个自然村合并而成，但是三个自然村还包含着更小的村民小组。其中，大湾自然村辖大湾、三岔、小湾三个小组；杏树湾自然村辖杏树湾、杏山头、乔家湾三个小组；土山后自然村相对完整，没有再细分小组。村民分布在8000多亩的山地上，居住非常分散。

名字中带“峪”的村子，基本上可以断定是山村。“峪”就是山谷的意思，意为村子被大山紧紧包围。以核桃峪村村委大院为中心，无论往哪个方向走，至少都要走2公里才能出村，而且道路都是曲曲折折的。

驻村期间，出于安全、集中和方便等因素考虑，第一书记统一住在乡镇宿舍。从宿舍到核桃峪村的前一段路程都是大路，相对好记。但从主路转入村内环山路后，岔路就多了起来，一不小心就容易走错。

为了方便出行，单位给第一书记配备了电动自行车，考虑到路程较远，我们购置了“超远续航”的电动车，理论上一次充电可以跑100公里，往返两次不成问题。

有了出行工具，凭着仅存的一点记忆，还有干事创业的激情，便有了第一次“自驾”入村的故事。

进村前的大路印象相对深刻，但是，转入环山路之后，记忆便逐渐模糊起来。这个地方，前不着村后不着店，想找个人问路都难。我拿出手机导航，可导航软件也“投降”了。当时，心里真是急坏了，只能硬着头皮一点一点地试探着前进。

感觉已经走了很远，可就是寻不到村委的办公大院。正迷茫忧虑之际，忽然发现前方不远处有几所老房子。刹那间，仿佛看到了希望的曙光，便不管三七二十一地直奔而去。

门前一枯瘦老汉，80来岁的样子，端坐在石凳上悠闲地抽着旱烟，惬意地喷出一团团烟雾。见有生人过来，老汉倒也热情，主动搭话询问。老汉耳背比较严重，我说的话他基本听不清；老汉的方言又比较重，他说的话我也不能完全理解。就这样，我们俩依然“愉快”地交流了一会儿。虽然没有得到自己想要的信息，但在深山老林里能遇到村民，心里也就踏实了。

或许是我们说话的声音太大，惊扰了附近的村民，不一会儿，从其他院子里出来一个年轻人。

听说我是来村里任职的第一书记，他非常客气地给我递烟，热情地和我聊天，身上散发着沂蒙老区人民朴实善良和热情好客的特征。他一边抽着烟，一边向我介绍着村子的情况、留守村民的情况、收入情况、硬件设施和发展需求等等。我一边仔细地听，一边认真地记。当聊到自然村村名的时候，我越听越迷糊，看着本子上写的葫芦山前、天马涧、东湾、南荆湾等村名，我恍然大悟——这里根本不是核桃峪村。

核桃峪村风景

看着本子上记录的几页纸，感觉自己非常可笑，聊了半天居然不是帮扶村。当然，这也不能怪人家，一开始告诉老汉自己是核桃峪村的第一书记，但这个年轻人来的时候却忘了再介绍一遍，人家热情地介绍了这么多，却与核桃峪村没有半点关系。

我故作镇定地问了一句，咱村叫啥名？得到了明确的答复——富民新村。

进村两三天，接连发生尴尬的事情，现在回想起来，当时的自己真是个糊涂蛋。

对于第一书记而言，融入一个新的环境并不简单。对于很多城市长大的人来说，区分“自然村”和“行政村”的概念就是一个很复杂的问题。

农村是一个大平台，更是一个大课堂，要慢慢地学习，才能逐步消化吸收。这个过程中，遇到尴尬事，甚至是闹笑话也十分正常。所以，入村后摆正心态非常重要，很多东西都要从零开始。

“南征北战”的“小书记”

2014 年 4 月份，到南张庄乡小贤河村任职的时候，我刚满 30 周岁，是我们单位三轮第一书记中年龄最小的，村里群众私底下也常常称我是“小书记”。

为小贤河村的山楂代言

2015 年 2 月份，我到马庄镇核桃峪村担任第一书记。两个乡镇相距约 40 公里。在交叉任职的 4 个月期间，需要一边做好小贤河村的总结收尾工作，一边做好核桃峪村的前期铺垫工作，那段时间频繁奔波于“南北”两个任职村。

所以，乡亲们又戏称我是“南征北战”的“小书记”。

作为留任书记，我是幸运的，也是幸福的。幸福，主要在于有了更多的时间和精力，把第一年未实现的工作、想法和目标落到实处。

我是一个愚笨的人，当初用了近半年的时间熟悉、适应和融入小贤河村，刚要准备“甩开膀子使劲干”的时候，任期马上就要结束了；我也是一个认真的人，任何工作都不会轻言放弃，虽然能力和水平有限，但是一旦认定目标，就会“咬定青山不放松”。

在小贤河村任职期间，工作量可能远不及核桃峪村，但是，很多工作思路、计划都是在小贤河村成形的。我一直认为，我在核桃峪村的工作之所以能够顺利推进，既得益于各级领导的关心支持，也得益于小贤河村的工作经历。比如，殡葬改革的想法就萌生于小贤河村，整体迁坟、土地流转等工作经验也多积累于此。南征北战，“北战”积累经验，“南征”取得成果，这些都是收获。

除了工作方面的收获，生活上也多了一些经历和感悟，一直记在心中。

第一件事，就是交叉任职期间，夜晚驾车往返于两个村子。

奔波于两个村子之间，是留任第一书记都会面临的问题。当时，一腔热血，心里毫不在意40公里的距离。或许是年轻经验不足，或许是对当地路况不熟，这期间也遇到过意外情况，好在有惊无险。

县城外环路至马庄镇的一条南北路是运沙车队的必经之地，而且，车队大多都是在夜间工作。交叉任职之初，就有群众提醒，尽量不要在夜间走这条路，一旦遇到运沙车队，夜黑路窄，容易发生危险。

这条路是两个乡镇之间最便捷、最顺畅的道路，而且自己感觉驾驶经验比较丰富，所以，就没有太在意这些问题。特别是有过几次与运沙车队同行的经历，且都顺利地解决了遇到的各种小问题。所以，心里就更加自信和放松了。

有一次晚上返程，再次与运沙车队相遇。为了尽快回到马庄镇宿舍，我快速地穿梭于运沙车队中间，不停地超越着一辆辆大货车。

可是，当我看准时机准备再次超车时，前车却突然发生了猛烈的颠簸，一大堆黄沙从车上被甩了下来。其中，一堆黄沙正好落在了货车的左后侧，也正是我准备超车的方向，同时，还有零散的黄沙洒落在我的车的前挡风玻璃上面。那一刻，油门已经踩了下去，汽车也刚刚冲起来，右前轮明显感觉因压到地面的黄沙堆而发生倾斜。当时，我开的汽车是手动挡，便下意识地急踩刹车，结果导致汽车熄火。

那一刻，我最担心的不是汽车与前车发生剐蹭，而是害怕被后面的大货车追尾。货车重量大、惯性大、盲区大，再加上夜晚视线不好，一旦刹车不及时就会顶上我的车。我在两辆大车中间，如果前车刹住，而后车刹不住，我可能就变成"夹心饼干"了。当时，我心里已经做了最坏的准备，但随着后面传来一阵尖锐刺耳的刹车声，心里一下踏实了。我来不及确认后车状况，立马重启汽车，再次"编入"运沙车队。"刹那间"发生的事，让我内心怦怦直跳，过了好久，心情才慢慢平复下来。

第二件事，是感受大雪封山。

在去核桃峪村之前，大雪封山是心中的一幅绝美画面，但切身经历之后才体会到，山区群众的生活有多艰难。

有一次，陈庆亮书记计划去济南检查腿伤，我便提前回济南联系好医院和大夫，打算第二天和陈书记在医院汇合。

不巧的是，当天夜里 10 点左右费县下起了大雪。陈书记原本计划第二天清晨 4 点从村里出发，早上 8 点左右赶到济南。但是，遇到这种情况便只能临时改变计划。趁着路上还没有积雪，陈书记连夜从村里出来，到县城找一家宾馆住下，确保第二天一早能及时赶到济南。

第二天，陈书记跟我讲起这段经历的时候，我感到十分心疼。陈书记表示，村里的路上一旦有了积雪，夜晚温度下降就会导致路上结冰。坡度这么大的山路，在结冰的路上行驶很容易发生侧滑，有掉入山谷的危险，所以，村里人遇到这种情况，要么改变出行计划，要么就提前出村。

生活在平原或城市的人是感受不到这种艰辛的。每逢下雪，我们往往沉浸在诗意般的美景之中，而山里的很多人却要为最基本的出行和生计发愁。有些事情，我们见不到却不代表不曾发生；有些事情，我们见到了却未必能感同身受。

从“北战”到“南征”，不同的经历，有不同的感受。三年驻村生活，让我体会到了山区群众的不易，也不断地激励着我扎实做好扶贫帮困工作。

借“戏”说“己”

交叉任职期间，面临着第一轮第一书记的收尾考核，所以我的主要精力在小贤河村，在核桃峪村驻点时间相对较少，与村里父老乡亲接触不算多，彼此还不熟悉。

2015 年 3 月底，临沂市柳琴剧团到贫困村开展送戏下乡活动，核桃峪村正好名列其中。得到消息后，我提前赶到核桃峪村，和村干部、群众一起等候演员专家到来。虽然还没有正式到核桃峪村工作，但作为村里的第一书记，我出面迎接远道而来的客人，这既是礼节，也是职责。

孙启中团长非常健谈，听说我是省委宣传部派驻的第一书记后，大家聊得更加愉快了，毕竟大家都属于宣传文化系统大家庭，有着天然的亲近感。孙团长一边介绍柳琴剧团的情况，一边交流基层工作经验。

听说我担任核桃峪村第一书记时间不长，估计与村民还不熟悉，孙团长就提出一个建议：演出正式开始前，让主持人“加塞”一个节目——第一书记自我介绍。也算是正式与乡亲们见面。

起初我心里是不同意的，一是没有提前做准备，怕说不好反而闹笑话；二是台下这么多观众是奔着文艺演出来的，突然冒出一个“小干部”讲话，群众会不会反感？这个问题我拿不准，也不敢轻易上台。

借演出活动“推销”自己

孙团长看出了我的顾虑，一边做我的思想工作，一边帮我出主意，缓解压力。

看着眼前的群众，听着孙团长的建议，我也主动给自己减压，不断宽慰着自己，这毕竟是一次难得的集中见面机会，说不定这次跟大家混个面熟，以后入户走访会方便很多。

根据近一年的费县生活经历，我觉得父老乡亲是朴实善良的。只要讲话把握简明扼要、重点突出、态度诚恳等几个原则，一般不会有明显的失误。即便有个别不合适的地方，以父老乡亲的性格也会包容我这个年轻人的。假如实在没说好闹了笑话，就权当给群众表演了一个节目，让老少爷们乐呵乐呵。所以，我决定上台一试。

孙团长很细心，给我留出了充足的准备时间。一切就绪之后，主持人介绍我出场，我也按着前面的准备，用了大概 2 分钟的时间进行自我介绍，主要包括我的姓名和单位，第一书记的主要工作职责，表态全力为大家做好服务，希望大家支持我的工作。自我介绍中规中矩，没有惊艳之处，好在也没有出现错误。

我的出场让群众有些小意外，但是大家很快就回过神儿来了，对我简短的自我介绍报以掌声。在热闹的氛围中，柳琴戏演出正式开始了。

这次借“戏”说“己”效果非常好，在我尚未认识群众前，就已经被多数群众认识了，为后期入户走访工作提供了很多方便。有的群众见我进村，老远就热情地打招呼，并主动邀请我去家里坐坐，还会向身边不认识我的群众介绍：“这是咱村新来的第一书记。”认识第一书记的群众会很自豪，好像我是他的老朋友似的。每逢遇到这种情况，我也会借机向群众“推销”自己。这样下来，认识我的群众就更多了。

这件事虽然很小，但却让我明白了把握机会要比创造机会更重要。虽然有了一年的工作经验，但是要融入一个新的村子，意味着又是一个新的起点，核桃峪村的很多工作都需要脚踏实地、一点一滴地重新做起。

每逢回忆往事，更多的是感谢这几年中遇到的朋友，他们给了我无微不至的关心、时时处处和实实在在的帮助。

自立规矩

入村之初，我就为自己定下了四条规矩：一要保证政治安全，二要保证经济安全，三要保证人身安全，四要保证作风安全。这既是工作底线，也是安身之本。

在村子里，虽然没有大风大浪，但是如果不注意细节，也可能产生负面影响，甚至影响工作大局。这三年，有几件事情我一直深深地记在心里。

第一件事，关于在村干部家吃饭。

平日不忙的时候，陈庆亮书记多次约我去他家里吃饭，但考虑到各种因素，我均以各种理由委婉推辞了。有一次，在陈书记家里商量村里工作，一眨眼就到中午饭点了。等我起身准备告辞的时候，大嫂已经把饭菜端到餐桌上了。

这个时候，我如果再坚持回食堂吃饭，陈书记和大嫂一定会不高兴，也会觉得我不近人情。在陈书记的强烈要求下，我就顺着梯子留下了。

饭后，我悄悄地在盘子下放了200块钱。与陈书记和大嫂客气几句之后，就起身回宿舍了。在当时的情况下，除了这种方式再也想不到别的办法了。

还没到宿舍，我就接到了陈书记的电话。电话里，他一个劲地数落我，埋怨我不拿他当一家人，跟他太见外了，要我赶紧回去把钱取走。

后来，陈书记还是把钱还给了我，并且很严肃地批评我：以后不能这

向群众请教核桃知识

个样了，在他家就跟在自己家一个样。再后来，我找了个机会，带了点礼品送到陈书记家里，也算是变相还了这个人情。

第二件事，关于工作经费使用。

驻村工作期间，第一书记都会配套财政专项扶贫经费，比如，道路硬化、绿化、助残经费等等。这些经费一般是从省里直接拨付到乡镇财政所的，使用、管理、监督等程序非常规范。因此，第一书记几乎不用操心费神。

除了省里财政的专项经费，可能还会有亲朋好友私人捐助的物资，这些经费使用起来相对灵活和自由，但同时，也对第一书记和村干部提出了考验。

2016 年，一位朋友听说我在村里担任第一书记，特别是了解到村民生活非常困难后，决定向村里捐赠 3 万元现金。私人捐赠，形式十分灵活，他起初打算直接汇款至村账户，又担心后期使用和管理不规范，就想把钱转到我的个人账户，由我根据实际需要进行支配。经过慎重考虑和充分沟通，我建议他通过规范渠道进行捐助。

通过协商，对方将 3 万元捐赠给慈善总会，再由慈善总会定向捐赠给核桃峪村。这种方式既能使爱心资金的效益最大化，也能充分保证资金的安全，更重要的是保护好第一书记和村干部。

第三件事，关于个人作风问题。

2015 年初的一个周末假期，我独自一人在南张庄乡宿舍加班汇总材料。大约晚上七八点钟的时候，乡党委书记姚永突然来到宿舍找我聊天。

其实，我心里明白，这是“查岗”。工作组的同事担心我一个人在宿舍发生“故事”，特意安排姚永书记来看一下。说实话，当时心里还是非常温暖的，领导和同事都是为我好，担心我年纪小，阅历少，万一一时糊涂犯下错误，不仅影响个人前程，还会破坏家庭幸福。辛辛苦苦扎根基层，不但不能为工作增添亮点，反而留下污点，到时候后悔莫及。

核桃峪村有一位卢老师，30 岁出头，有想法、有闯劲、有魄力，在村里可以称得上是“女强人”。在殡葬改革、产业发展等方面，她都发挥了积极的表率作用，对我的工作也给予了极大的支持。但由于她是一位女同志，平日里我还是非常注意相处的细节。

有一次我在县里开会，卢老师作为代表一块参加。会后，我开车正好可以顺路捎她回家，但是担心两个人一块回村，万一被不明真相的群众看到，可能会产生风言风语。所以，我决意拉上一块开会的同事，让他和我一起送卢老师回家，以免造成误会。

第四件事，关于个人安全问题。

2015 年冬天，刚两岁的儿子发烧持续了半个多月。正巧，那段时间村里忙得走不开，而且，我也一直觉得小孩感冒发烧是正常现象，所以心里并未太在意。

一天晚上，媳妇和父母分别给我打电话，担心孩子持续发烧引发严重后果，让我尽快回家想办法。那一刻，我也意识到了问题的严重性，立刻订了第二天一早的火车票。

可是当天夜里，毫无征兆地下了一场 50 年不遇的大雪，确切地说，应该是一场雪灾。据后期通报，这场降雪的降雪量达到了约 240 毫米。

走访群众了解情况

在从宿舍去费县火车站的路上，有一段坡度不算大的路，积雪之后十分危险。下坡的时候，方向盘和刹车根本不起任何作用，只能任由汽车移动。最危险的时候，汽车滑行到了悬崖边，车轮离路牙石只有 10 公分。不幸中的万幸，汽车在即将滑到悬崖边时又慢慢地反方向滑向路中央，才算躲过这一劫。

可刚躲过一劫，又来了一难，对面的山坡上也“滑”下来一辆车。那种束手无策又无可奈何的感觉着实让人非常痛苦。值得再次庆幸的是，两辆车只是尾部轻微地蹭了一下，几乎看不出刮痕。在这种情况下，我们相互没有追究责任，尽快地离开了这个地方。

当我赶到齐鲁医院的时候，孩子刚刚打上麻药针。当孩子瘫软在我怀里的那一刻，我的眼泪止不住地流了下来，既心疼孩子，又非常自责。那一刻，对孩子的亏欠，对家庭的亏欠一股脑地涌上了心头。

这一次，孩子生病比较严重，在医院前后住了一个月。那年春节，我们全家是在医院度过的。由于长期在病床上休养，缺少锻炼，孩子出院的时候，腿部支撑力量已经明显不足，走起路来摇摇晃晃，甚至需要大人搀扶。那一刻，我不争气的眼泪再次流了下来。

三年时光，独在异乡，让我更加珍惜与家人在一起的日子，虽然平凡，但是幸福。

“一户村”的有线电视

一天，我入户走访完毕，想继续看看核桃峪村的山地和林地情况，就顺着村子主路往西走。在杏树湾自然村村口西侧大概 200 米处，有一条南向的小土路，我便顺着小路走了过去。

穿过小树林，有一小片耕地，这在山区是非常宝贵的。我继续往深处走，远远望去，隐约看到几处老房子。那种感觉，犹如《西游记》里的世外桃源，青山叠翠、绿树成荫、白云悠悠、泉水潺潺，一切都显得安宁而秀美；又像《聊斋志异》里的深山老林，古木参天、遮天蔽日、神秘诡异、阴森恐怖，让踏入此地的陌生人心中自然生出一份恐惧和敬畏。

李大爷家接通有线电视

带着好奇，我走进了村子，见一户人家开着门，就顺便到院子里聊聊天，了解一下这里的情况。

院子里坐着一对老夫妇，正围着圆簸箕干零活，见家里来人便立马起身并微笑着迎接。这就是农村人的朴实，不管认识还是不认识，只要进了家门就是客人，一概是笑脸相迎。

我主动与二老打招呼，并简单做了自我介绍，说了进家门的原因。大爷也没细问，一边高兴地给我让座，一边安排大娘赶紧泡叶子茶（当地的一种粗茶）。看眼前的情景，老人应该是没有急活，我便坐下来和大爷开始唠家常。

大爷有点耳背，但是非常健谈，往往是等不了我开口，就迫不及待地向我介绍村子的情况、家里的情况和子女情况等等。大娘也时不时地插几句话，纠正一下大爷说不准的地方。

大爷介绍，村里的住户都姓李，所以这里叫小李湾村。由于位置偏远等原因，村子的道路、饮水等条件比较差。这些年，年轻人陆续搬到城里去住了，村里现在就只剩下他们一家。

因为村里只有李大爷一户人家，所以我在心里给它取了个名字：一户村。

不忙的时候，我就去村里走走看看，一来二往，和老人家也就熟络了。每次见我进村，李大爷老远就和我打招呼："老金，快到家里喝壶叶子茶。"

有一次聊天，大爷说由于他家位置偏僻，无法接通有线电视信号，便安装了一个简易的"天线"，只能看到中央一台、山东卫视两个频道，而且画面非常模糊。老两口平时几乎不看电视，但是县城的小孙子却因为无法看动画片而不愿意回老家。即便回来一趟，也吵着、闹着要尽快返回县城。

看得出，老人非常想孙子，更心疼孙子。老人也感慨，电视机就是家里的一个“装饰品”。

群众的需求，就是第一书记的工作方向。虽然当时解决不了问题，但是这件事却记在了我的日记本里，希望有一天能帮李大爷家“圆梦”。

好消息很快传来了！

在单位领导的大力支持下，山东广电网络有限公司决定在核桃峪村开展爱心公益活动，为村里的贫困家庭开通有线电视业务，免除安装费、两年收视费，并赠送电视机顶盒，彻底实现有线电视“户户通”。

得到这个消息后，我第一个想到的就是小李湾村的李大爷。小李湾村虽然不属于核桃峪行政村，但两村紧邻，而且只有一户人家，不会产生太多费用。如果不抓住这个机会，李大爷家今后可能仍看不到信号稳定、画面清晰的电视节目。

我将这个情况及时报告给了广电网络公司，争取他们的支持。公司领导了解情况后，特事特办，当即决定让小李湾村享受核桃峪村的优惠政策。

接通有线电视信号的那一天，李大爷提早安排女儿和女婿在家准备了一桌酒席，非要让我和安装工人留下来吃饭，“今天要像过年一样热闹”“要以最高礼节感谢大家”。看得出，大爷是诚心诚意的，酒、肉、菜早已备在了灶台上。不过，按照规定和要求，我们婉言谢绝了。或许，大爷会觉得城里人“冷冰冰”的，但那一刻，我们的心里却是“热乎乎”的。

在田间偶遇李大爷

电视信号很快就接通了，当电视机屏幕上呈现出清晰画面的那一刻，李大爷的眼睛湿润了，在场的每一个人都能感受到，这是激动的泪水，这是幸福的泪水。这根“线”不仅连接了电视和信号，还联通了李大爷和家人之间的亲情，更增进了党和群众之间的感情。

此后，李大爷逢人就夸共产党好、政府好、村里干部和第一书记好！要不是政府惦记着他们一家，他可能一辈子都看不上有线电视。

通过这件事我也得到了一个意想不到的收获：经过李大爷一家的宣传，我在村里的知名度迅速提高，大家都说村里来了一个干实事的好书记。

“强制”党员发言

对于第一书记而言，村里的党员干部是最亲密的战友，也是开展工作的重要依靠。所以，能否充分调动党员干部的积极性，能否把大家真正拧成一股绳，一定程度上决定着我们工作的成效。

驻村期间，费县县委组织部要求每个行政村每月至少召开一次党员大会，会议时间、主题及参会人数等都要通过软件上报县委组织部。这项工作在全县开展得非常扎实，效果也非常好。

第一书记到村以后，县委组织部又增加了“第一书记讲党课”的内容。对于第一书记来说，这是个非常好的机会，既能相互认识，又能“推销”自己。另外，在讲党课的过程中，我每次都刻意强调党员干部的模范表率作用，不断调动大家干事创业的积极性和精气神。

几次党员大会后，大家彼此更加熟悉，会议氛围越来越轻松，工作推进也更加顺利。但同时，存在的问题也暴露了出来：每次党员大会总是我和陈庆亮书记说话，参会的党员只是充当听客，最多以微笑或点头做回应。党员大会往往比较沉闷，几乎发挥不出应有的议事和监督作用，且眼看着就要成为一种程序化的活动。

党员大会不是“一言堂”，只有各抒己见，才能达到交流思想、交换意见、促进发展的目的。我不止一次动员大家主动发言，但是收效甚微。只要一提“发言”这个话题，大家便自觉地转入“沉默”状态，犹如老师在课堂上提问，学生总会把头深深地埋下去，仿佛只要避开与老师眼神的“碰撞”，自己就不会被点名。

为了改变现状，我积极与陈书记沟通，决定改变党员大会现状。最后，我们商定了一个“强制”党员发言的方案。首先，根据村里50名党员的居住情况，把核桃峪行政村划分为50个片区；其次，给每一位党员明确片区责任，履职情况要在党员大会上汇报；再次，制定考核办法，年底进行量化评比。为此，我们还专门制作了“党员年度绩效考核表”，将每人每月的工作情况登记造册，依据得分定期表彰。

有了压力就有了动力。规定一出台，党员日常就有了任务，哪位邻居有困难、哪杆路灯坏了、哪段路需要维修等等，都是他们需要掌握的信息。

随着信息收集的增多，党员大会的话题也不再那么生硬，会议主题更多地转向了村民身边的一些事情，比如，群众生病无钱买药、子女不孝需要教育引导等等。

刚开始，大家只是一两句话含蓄地表达着观点。在我和陈书记的积极引导下，朴实腼腆的乡亲们也逐渐进入状态，慢慢地能够把一件事叙述完整，再后来还会就一些观点或某些事情展开适当的讨论，甚至偶尔发生一点争论。党员在大会上积极发言，既能充分表达观点和意见，又能有效地调动大家参与村务工作的积极性，总体效果非常好。

有两件事我印象最为深刻：一件是商议村内道路硬化，一件是商议村里开展殡葬改革。

为党员划定责任片区

入村之初，我们申请了道路

硬化专项经费，用于改善村内道路状况，方便群众出行。如果放在以前，可能将经费三分，三个自然村各得其一。但是，通过召开党员大会和村民代表大会，大家进行充分沟通讨论，商定重点对杏树湾自然村进行道路硬化。在后期的经费使用过程中，我们仍然采取同样的办法，这样既保证了重点项目的顺利落地，又保持了三个自然村的和谐关系。

开展殡葬改革，也是通过党员大会和村民代表大会确定的，但是这次却发生了争执。有的党员认为殡葬改革符合现实需要，支持这项工作；有的党员担心改革失败，影响村里后期工作，坚决反对。从内心讲，我希望大家畅所欲言，只要在可控范围之内，争议是可以理解和接受的。也正是殡葬改革前期的“磕磕绊绊”，促进了各项措施不断完善，才保证了后期工作的“平平顺顺”。

强制发言也好，引导发言也罢，我们在工作中发现：党员心里其实有话要说，只是碍于情面不方便表达；在党员的发言中，既有丰富的基层工作经验值得我们去学习，也有现实的问题诉求为我们指明工作方向。

这几年的工作让我切实感受到，只有真心实意地为群众服务，群众才会敞开心扉和我们交流。充分交流，就意味着可能存在争论，但争论也会促进工作更加科学合理。而且，争论里面有意见、有诉求、有学问，这也是我们学习的机会。

“携礼”入村

伴随着第一书记的到来，村里会得到额度不小的帮扶资金和帮扶项目。所以，第一书记成了抢手的“香饽饽”，甚至还闹出了群众要凑钱“买”第一书记的笑话。

其实，大家心里都明白，群众期盼的不只是第一书记，或许更看重第一书记带来的项目、资金及资源。资金顺利落地，项目开花结果，则皆大欢喜；第一书记到位，资金和项目不及时到位，可能会怨声载道。

为了“稳定”群众情绪，也便于日后工作的开展，有经验的第一书记到村之后，都会或多或少地给村民送一份“见面礼”，比如，送大米、面粉，免费查体等等，虽然成本不高，但能让大家切实感受到第一书记带来的变化。

入村之初，因为带去了“见面礼”，我体会过一点点的成就感；因为资金和项目没有及时到位，内心也曾经历过无助的煎熬。

2014 年 4 月 22 日，作为第一轮第三批第一书记，我第一次走进费县南张庄乡小贤河村。此前，已有两位同事先后在村里开展脱贫攻坚工作。等我任职的时候，村里的道路硬化、农田灌溉、扶贫产业等攻坚项目，以及路灯、绿化等提升项目均已基本完成，个别项目也仅剩收尾工作了。

因为自己农村工作经验不足，以及扶贫资金尚未到位，驻村初期的主要工作是熟悉村子的情况和抓好项目收尾。这期间，个别群众也会向我打听任期内的工作计划。是否会继续修路？是否还有其他扶贫项目？同时，还会向我列举前两任第一书记的功绩。每当这个时候，我的心理压力就特别大。

有的群众更直白地表示：道路又不能修到每家每户门口，还不如把修路的钱平均分给村民，这样最公平。还有群众担心：今年一直没有修路，扶贫款可别被第一书记贪污了。听到这样的话，心里就像针刺、刀戳一样难受。但是，面对现实情况，只能向大家解释，希望大家理解。

向贫困家庭赠送慰问品

值得庆幸的是，这种局面很快发生了转变，第三批第一书记的扶贫项目和专项经费陆续到达，通往蔬菜大棚的水泥路、灌溉果园的蓄水池、发展乡村旅游的山楂园、带动产业发展的恒温库等项目依次落地。

那段煎熬的日子终于结束了，群众对我的认识也更加客观和充分。

当然，绝大多数群众是朴实、善良和热情的，他们给予第一书记更多的支持和关心。任期结束考核时，蔬菜大棚里正忙着浇地的大哥、连夜赶制鞋垫的大姐、放弃赶集卖货的大爷，都赶到村委大院为我投票，一一和我告别。

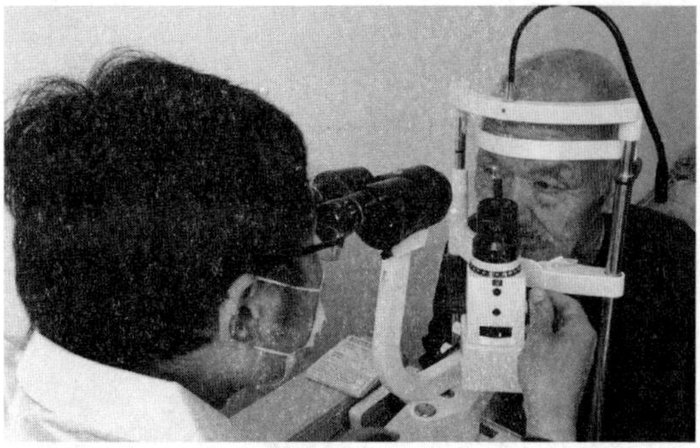

协调费县光明眼科医院为核桃峪村民义诊

温暖地离开，是小贤河村送给我的最好礼物。

2015 年 2 月 10 日，我到费县马庄镇核桃峪村报到，这是第一书记工作的第二站。

或许是运气好，我在两个村子交叉任职期间，核桃峪村迎来了临沂市柳琴剧团的慰问演出。虽然不是第一书记协调而来的项目，但是刚好赶上我到村任职，也不管三七二十一，就全当是我给父老乡亲送上的“见面礼”。

在到核桃峪村任职之前，我就已经考虑为村里准备一份“见面礼”了。当初，确定到核桃峪村担任第一书记之后，我私下提前到核桃峪村进行了走访了解，并结合村里实情和乡村文明经费，准备提升一下绿化或亮化水平。正巧，陈庆亮书记也主动提出了安装路灯的想法。最终，村里不仅顺利安装上了路灯，还推动了殡葬改革。

其实，早在第二轮第一书记培训时，配套的扶贫资金和项目就基本明确了。所以，到核桃峪村之后，我就可以大胆地给大家一些承诺，比如道路硬化、水利项目、健身广场等等。虽然资金未到位，但消息放出去之后，大家心里就有了盼头，至少对第一书记抱有希望。加上前期的铺垫，我到核桃峪村后一直比较受欢迎，工作也相对比较好开展。

现在回想起来，无论是最初象征性的“见面礼”，还是后期资金和项目的投入，只要真心实意为群众做实事做好事，都会受到群众的认可和欢迎。工作需要技巧，但更离不开一颗为群众服务的真心。

初识村干部

俗话说，火车跑得快，全凭车头带。一个村支部书记的能力和素养，在很大程度上影响着，甚至决定着一个村子的发展方向和水平。

陈庆亮书记性格豪爽，热情好客，善于沟通，精于协调，喜欢喝酒，烟不离手。群众给陈书记起了一个外号——大掌柜。可想而知，陈书记在当地的影响有多大。大到村里规划发展，小到村民邻里纠纷，只要陈书记出面，保准处理得妥妥当当。

群众给我讲过一件事，多年以前，当地某村因征地占了群众一些树苗，由于补偿费用未谈妥而僵持不下，一度险些发生冲突。最后，陈书记出面协调，平息了事态。

作为管理核桃峪村行政事务近三十年的老书记，他值得每一个人尊重和敬佩；作为工作中的同事、生活中的朋友，他给予我的帮助、支持和指导，更让我铭记一生。

俗话说，一个好汉三个帮。核桃峪村的发展离不开陈庆亮书记的领导，当然，也离不开杏树湾自然村和土山后自然村负责人之间的团结协作和大力支持。

朱景才，杏树湾自然村负责人，性格直爽，直来直往，说话做事从不拐弯抹角。由于口无遮拦，经常得罪一些人，但是经过两年的接触，我觉得他是一个内心纯粹、善良的人。虽然缺点明显，但优点更明显，值得尊重，值得交往。

我对景才最深的印象，是在核桃峪村殡葬改革动员大会上。当时，建议给予前三户落实殡葬改革政策的家庭现金奖励。最初，我担心执客（即丧事主管）的利益受到损害，他们的情绪可能会比较激动。但没想到，情绪最激动的却是景才，他声嘶力竭，一度让场面非常尴尬。好在陈书记坐镇，及时劝阻了争执。这次大会，让我一下就记住了这名村干部。直言不讳，正视问题，不正是我们党一直追求的作风吗？对于这样的干部应该珍惜并好好重用。

我到村任职时，景才大概 45 岁，依然保持着那份率真的天性。虽然偶尔也会耍小性子，和大家顶撞几句，但他做事认真，对人真诚，是个值得尊重的好干部、好大哥。

吴殿立，土山后自然村负责人，内敛踏实，低调沉稳，对待工作严谨细致，一丝不苟。无论接到多么棘手的任务，他都能稳妥地完成好，更难能可贵的是，他从不主动邀功。

2015 年 3 月的一个晚上，我自己驾车来到核桃峪村，想看看夜幕下的村子是怎样一番景象。由于晚上进村，视线不好，山路曲折，心里本就有些紧张。不巧的是，刚进土山后村就被白事的流水宴席给堵住了路，心里真是又害怕又着急。正在无助之时，殿立正好从丧主家出来。我们简单聊了几句，他便喊人把胡同里的桌椅挪移开，给我留出了一条过道。告别之后，我去了其他几个自然村，他则继续留在丧主家帮忙。通过这件事我能够看出，殿立是全心为群众服务的，难怪他有这么好的口碑。

那一年，殿立大概 50 岁。与其年龄相称的是工作沉稳，与其年龄不符的是那份工作热情。他身上的很多优点都值得我去学习，他也是我最尊重的一位老大哥。

土山后自然村还有一个小伙子，名叫吴强，1989 年出生，是自然村的主任，行政村的支部委员。根据自然村的分工，他是殿立的助手。

吴强是核桃峪村最年轻的村干部，他聪明勤快、甘于奉献，他吃苦耐劳、不怕困难，是村里

左起依次为：陈凡田、吴强、吴殿立、陈庆亮、朱景才、陈怀功

重点培养的、也是非常难得的后备干部。入村大半年，我对他都没有太深的印象，直到一件事引起了我的注意。

2015 年 11 月 15 日，中央电视台《新闻联播》专题报道了核桃峪村的殡葬改革及脱贫攻坚工作。一次浏览网页，我发现百度贴吧里有一篇质疑核桃峪村殡葬改革的帖子。有杂音是很正常的，一篇贴文也无关紧要，但是跟帖里面却有一个 ID 详细地介绍了第一书记到任之后为父老乡亲做的实事。总之，他的留言都是有利于我的。

这个人引起了我的注意，他这么清楚核桃峪村的情况，一定离我们不远。我决定通过网上的蛛丝马迹找到他，即便最后无法明确他是谁，也要在心里默默地感谢他。

功夫不负有心人，翻遍了他的 ID 发出的所有贴文，终于在另一条出售核桃的帖子里找到了他的手机号。我默默地把号码存到手机上，期待着未来有机会能当面感谢。意外的是，号码刚刚输入完毕，手机就显示了“吴强”的名字。真是“踏破铁鞋无觅处，得来全不费工夫”，我要找的人居然一直在我的手机通讯录里。

欣喜之余，我决定日后多加关注他，进一步了解他。我相信，当面奉承你的人不一定说实话，但背后默默支持你的人绝大多数是真心对你好。

除了陈庆亮、朱景才、吴殿立、吴强外，陈凡祥、朱修远、陈怀功、陈凡田等也是一起并肩作战的同事，把名字写在这本书里，既是向他们致敬感谢，也是将来的一份美好回忆。

第二章 殡葬改革

针对丧葬铺张浪费、攀比成风的问题，我们制定了核桃峪村殡葬改革计划。此项改革计划在推进中，虽然遇到了一些困难和阻力，但在党员干部、广大群众的大力支持下，我们团结一致、顶住压力，通过实施有效办法巧妙克服各种困难，出台了十项接地气的简化措施，顺利推动了殡葬改革，使村民丧葬费用下降80%，极大地减轻了群众负担。2015年11月15日，中央电视台《新闻联播》用时5分17秒，以《一个村里的俩书记》为题，对核桃峪村殡葬改革及扶贫工作进行了专题报道，赢得了社会各界的广泛关注和普遍好评。

“面子比命更重要”
——殡葬改革的由来

老刘，其实并不老，50岁出头，南张庄乡小贤河村人，2014年患癌症去世，给那个本不富裕的家庭留下了10余万元的债务。按照当地风俗，家属为他办了隆重的葬礼，让他最后一次风光地出现在村里，代价是又给这个家庭增加了3万元的债务“遗产”。

老刘生病期间，我去家里看过他几次。他一直向我咨询救助政策，以便能继续治疗。他的眼神中，透露着对家人的眷恋，对人生的不舍。这个病的结局，大家都心知肚明，包括他自己。后来，我帮他申请了8000元的大病救助经费，但已无济于事。未出几日，他便走了。或许，他的离世，

2016年9月，临沂市移风易俗工作现场推进会在核桃峪村召开

对自己和家人都是一种解脱。

出殡的时候，我正好在村里走访，恰巧遇到了庞大的出殡队伍。现场纸牛纸马一应俱全，白布白鞋一样不少。这是当地的一场标准的出殡仪式，是整个殡葬活动的重要环节之一。

我不知道该用什么样的心情描述对老刘去世的感受，更是一直不明白，一个如此困难的家庭为何还要再如此铺张浪费地办葬礼？斯人已去，难道活着的人就不考虑接下来的生活吗？儿子还没结婚，房子还未装修，生活还要继续，难道这些不需要花钱吗？欠下的外债，又该如何去偿还？

因为彼此非常熟悉，老刘去世后不久，我就去他家里看望大嫂，并且开门见山地说出了心中的疑惑。大嫂也没拿我当外人，坦诚地表达了她内心的想法。她介绍，村里的人普遍不富裕，但对丧事却格外重视。葬礼隆重了，不光去世的人风光，家里人也觉得体面。在这种事上，“面子比命更重要”，如果葬礼简单了，“唾沫星子能淹死人”。

“面子比命更重要”这句话深深地印在了我的脑海里，更深深地刺进了我的心里，葬礼的隆重场面和大嫂无奈的表情经常在我脑海里浮现。难道人去世还要搞“面子工程”吗？自此，我对“死要面子活受罪”这句话有了新的理解：死去的人因为葬礼隆重有“面子”了，但活着的人却要为高昂的殡葬费用而受罪。

自那时起，我开始留意当地的丧葬习俗。有时候在乡驻地宿舍听到外面的哀乐声，我也会跑到外面观察。出殡队伍行走在主干道上，浩浩荡荡，甚是壮观，既扰民又阻碍道路交通，沿路撒黄纸更是污染环境。

对于丧主家来说，殡葬队伍越长，表明家族势力越大，社会关系越广。有时候，也是通过殡葬活动彰显家庭实力、家族势力，村民们暗中较劲，相互攀比。我曾听说过某村老人去世，光殡葬费用就花了七八万元。这事发生在贫困村，心里既不敢想象，也不好接受。

虽然对丧葬旧俗心有不满，也有推动殡葬改革的想法，但因第一轮任期马上结束，已来不及在小贤河村实施了。

幸运的是，我继续担任第二轮的第一书记，而且这次任期是两年，让我有充足的时间去研究殡葬习俗，思考改革办法和落地措施。所以，确切地讲，我是带着题目进的核桃峪村。

有人说殡葬改革阻力大、风险大，这事成功的概率太小了。我一直推崇一句话："为官怕事平生耻。"虽然在整个行政级别体系中，正科级算不上"官"，甚至谈不上"吏"，最多算一名"卒"。但是，既然做了第一书记工作，为群众的长远利益承担一点可控的风险，这是第一书记最起码的责任和担当。

贫困是一个相对概念，是动态的，暂时的物质贫困可以通过自身努力或政策帮扶得到改善，但是精神上的贫困可能会产生更加深远的影响。一项老风俗就能影响几代人，甚至成百上千年，让群众背负沉重的经济负担和思想负担，想想都非常可怕。

"夜遇"流水席

自从下决心推动殡葬改革之后，我就发现自己与丧葬活动特别"有缘"。白天走访，经常在前往帮扶村的路上遇到出殡的队伍；夜晚走访，居然也被葬礼的流水席挡住去路。或许，这就是我与殡葬改革冥冥之中的"缘分"吧。

核桃峪村位于费县南部，距县城约 12 公里，与小贤河村相距约 40 公里。虽然相距较远，但两地的习俗较为相近，这让我暗中欣喜。风俗相近，就大大缩短了融入环境的时间，一定程度上也降低了殡葬改革的难度。

虽然两地风俗相近，我已经有了一年的工作经历，但毕竟是千百年传下来的风俗，考虑到群众的意愿、村干部的积极性、第一书记的认可度等

简化后的宴席标准

因素，我还是选择谨慎的态度和方式，在进一步调研和沟通后，再确定下一步的工作路径开展工作。

我虽然是2月份到核桃峪村报到的，但在小贤河村的任期考核5月份才结束，中间有4个月的交叉期，这期间又以小贤河村工作收尾为主，所以我在核桃峪村的工作大体是在5月份才步入正轨的。殡葬改革于7月份正式开始，这期间仅有2个月的时间来调研、分析和落实，既紧张又紧凑。

因为早已下定决心推动殡葬改革，所以一入村我就围绕这个主题布局各项工作。每天一早先到村里和陈庆亮书记交流工作，再到群众家里走访。多和群众接触可以混个"脸熟"，有助于增进感情以便日后开展工作。

通过一段时间的走访，我对村子已经有了一个大致的了解。为了更全面地熟悉村子，我决定晚上再去转转，看看晚上的核桃峪与白天的核桃峪有什么区别。

考虑到夜晚出行安全及距离等因素，我借用了镇政府值班工作人员的私家车，工作例会结束后便一个人前往村里。

本以为很熟悉的进村路，到了夜晚却变得陌生起来。我行驶在一个人都没有的乡间小路上，心中顿时生出几分莫名的恐惧，甚至夹杂着一丝悔意。此刻，仰望星空已全然没有了诗情画意，反而让人心里感到更加寒冷。环顾四周，零散的农家小院里散发出微弱的灯光，好似一个个救星，为我指路，为我壮胆儿。没有路灯，也没有导航，凭着白天的记忆往前摸索着，终于找到了进村路，恐慌的心情才慢慢平复下来。可是，夜晚的山路也同样给我带来了新的挑战：路面狭窄、高低起伏，两侧皆是山沟。深夜走在这样的路上，即使对于一名老司机来说，也是一种严峻的考验，稍不注意就会发生危险，在这前不着村后不着店的地方，一旦发生危险，后果不堪设想。其间，我多次想掉头回宿舍，但一想到自己立下的目标和誓言，又狠狠心坚持下来了。

虽然只有 18 公里的路程，但感觉就像走了 80 公里远，走在这样路上实在是一种煎熬。本以为进了村就能踏实下来了，但意想不到的事情又发生了。

为了节省时间，我从核桃峪村东南角的土山后自然村进入，打算绕杏树湾、大湾两个自然村转转看看。可刚刚进入土山后自然村我就发现，原本就只有四五米宽的小路被一排排的小桌子“霸占”了，据粗略估计，得有 20 套桌椅。别说汽车通过，就是自行车通过都很困难。

我正纳闷这是什么“阵势”，突然发现右侧一户院落的大门上用竹竿挑着一串白纸。一瞬间，我想到了“白幡”——这是家里有人去世的昭告。我这下明白了，村里有人去世，这是摆好流水宴席，等待明后天宴请吊唁的亲友。当时，真不知该用什么词来形容自己的心情，本就有点恐惧，偏偏又遇上丧事，心情郁闷到了极点。

时间已经过了晚上 9 点，农村这个点儿估计人们早就睡觉了，总不能给村支部书记打电话，把村干部从被窝里叫起来搬桌子啊。我也不可能一个人私自把桌子搬开过车，万一坏了人家的风俗怎么办？往回倒车吧，这伸手不见五指的夜晚，陡峭的山路，本就不熟悉的路况，很容易发生危险。而且好不容易到村里了，却不能看看夜晚的村庄，自己也不甘心。

我正在犯难的时候，突然听到由远及近的脚步声，这一刻，脚步声就意味着希望。庆幸的是，来人正是土山后自然村的支部书记吴殿立，他一眼就认出了我。可他纳闷为什么这么晚了，我会出现在这里。

我们简单寒暄了几句，他便喊人把流水宴席用的桌椅挪到一边，留出一条小路让汽车通过，又一再叮嘱我注意山路，小心驾驶。

剩下的路程非常顺利，我沿着山路又看了杏树湾、大湾两个自然村。这趟行程虽然有些曲折，但有两个收获。一是达到了目的，看到了夜幕下的核桃峪，符合一般乡村的特征——漆黑、寂静、缺少活力。基于当晚的调研，后期我开展了一些有针对性的工作，一是安装路灯、修建广场、组建舞蹈队等；二是更加深入地了解了当地的丧葬习俗，也更加坚定了推动殡葬改革的决心。

山村“新闻中心”

毛主席曾经说：“没有调查就没有发言权。”这是我们开展工作的理论指导，也是驻村工作的切身体会。

第一书记的工作之所以富于挑战，在于会遇到形形色色的人和各种各样的事，这也不断地考验着我们的工作能力和智慧。有时候较大的扶贫项目可能会顺利落地，有时候一些不起眼的小事反而非常棘手，比如入户走访。

根据第一书记选派办的要求，我们必须到每户村民家里了解情况，这是融入群众的必经过程，也是开展工作的重要基础。起初，我认认真真地挨家挨户走访，聊家常、听心声、谈工作。但是随着走访的深入及第一书记之间的交流，我发现了一些问题。

1. 村民提出质疑。刚入村时，群众大多不认识第一书记，所以平时走访时也会找一名村干部带路，这样群众更放心，还可以向村干部了解村民家庭的情况，提前做好走访准备。刚开始，走访工作较为顺利，但是后期听到了其他第一书记反馈的群众声音：“别看年纪不大，架子可不小，每次都要村干部陪同。”意识到这个问题后，我立马改变了走访方式。

2. 产生风言风语。村里的青壮年多数都外出打工挣钱去了，留守人员以妇女、儿童和老人为主，俗称“三八六一九九部队”。由于入村不久，对村民家庭状况不了解，如果走访过程中正好走到年轻的留守妇女家里，双方聊天沟通就会觉得尴尬。另外，在不同的人家里待的时间不同，也会被有心的群众捕捉到，这种微妙的差异很可能成为群众茶余饭后的“谈资”。

小广场发挥了大作用

3. 人身安全问题。或许是农村生活的习惯，或者是看家护院之需，村里的狗特别多。走访过程中，经常是一敲大门，首先跑出来的是狗，或者是听到狗的狂吠声。我有一次在走访中，刚入村就被十几条狗“包围”了。这次经历也迫使我改变了走访的方式。

无论采用什么方式，群众的家庭情况必须了解。如何既保证安全，又能顺利完成任务，这成了当时的一道难题。破解这道难题，要感谢那次夜访核桃峪村的曲折经历。建广场，装路灯，把群众从家里吸引到外面来，大家一起聊天，既能有效地掌握村里的情况，又能解决之前遇到的问题。

此前，核桃峪村原本是要建健身广场的，地基都已经打好了，但因为经费没有到位而搁置。这个健身广场位于主村的中心区域，位置极佳，而且已经修建了大半，剩下的工程只需要少量经费和时间就能完成。

在陈庆亮书记的大力支持和着力推动下，广场很快就建好了。广场上不仅配备了健身器材，还安装了路灯、石桌石凳。每当夜幕降临，男孩子们三三两两地聚在广场上打篮球，男同志们要么在石桌旁喝茶聊天，要么一起打扑克，好不热闹。同时，我又组建了舞蹈队，配备了音响设备和舞蹈服装，这样也调动了女同志参与的积极性。

健身广场建好了，夜晚的核桃峪村一下子有了生气。村民夜生活的丰富让我倍感欣慰，更让我高兴的是，大家在广场上拉呱聊天，使我了解村情民意、收集信息的目的顺利实现了。此外，村民对我也越来越亲，使我可以更好地融入到村里。

直爽是村民的一大特点，只要他们认可了你，什么事都愿意和你交流，都愿意听你的建议。每当晚上没事的时候，我就到村里看他们打牌跳舞，和他们拉呱聊天。谁家去年在外打工挣了多少钱，谁家孩子考上了大学，谁家房子最漂亮，等等，这些家长里短他们都会和你叨叨几句；村里该如何规划发展，上级有什么扶贫政策，第一书记能为村里带来什么变化，等等，一些有想法的人也会和你深入交流。像村民家里遇到的困难、村委工作如何改进等问题的建议，我也会认真记录下来。

聊天中，我会听到村里的一些旧闻轶事和新鲜事情，也会了解到一些深层次的问题，听到不同的声音，偶尔还会有一些“重大事件”从广场上传出去。基于这种情况，联想到我们宣传系统的工作特色，我笑称健身广场是我们核桃峪村的“新闻中心”，每天晚上都有召开新闻发布会的感觉。

得益于健身广场，我节省了大量的入户走访时间，而且更高效地了解和收集了村情民意，同时还避免了初期走访入户的尴尬问题。其中，最大的收获就是获取了殡葬改革的相关信息，包括群众的意愿、存在的难点、注意事项，等等。至此，我们的殡葬改革工作即将正式拉开帷幕。

走街串巷“学”葬礼

农村葬礼有很多讲究，不同的环节、流程有不同的意义。如果信息掌握不全面，尺度把握不准确，就贸然推动改革，注定会以失败告终。所以，“学”葬礼是殡葬改革的重要环节。

葬礼环节包含很多信息，比如，去世的信息告诉哪些人？孝服给哪些人穿？来访亲朋带什么颜色的帽子？哪些人可以磕头行礼？这些都有严格的规定，也可以通过这些细节区分关系的亲密程度。如果细节考虑不周、处理不好，可能会影响亲朋好友之间的感情，甚至出现绝交的严重后果。

通过村里的"新闻中心"收集的关于殡葬改革的大量信息，对了解葬礼仪程和含义，以及后续的殡葬改革工作帮助都很大。但是大量的信息中，有真有假、有实有虚，还需要进一步去甄别和选择。最好的甄别方法是实践，通过参加葬礼掌握最真实的信息。

那段时间，常常打听周边哪个村里有白事，只要得到确切消息，我就会争取赶到现场，边看边记边思考，不明白的地方还会向现场的群众请教。有时候遇到熟悉的人，还会请人帮忙随份子（农村一般关系 10 至 20 元），体验一下流水宴席的饭菜。第一次吃流水席的时候，还发生了一件令我至今难忘的事，后面再简单介绍。

通过一段时间的学习，我基本熟悉了当地丧葬的大体流程：第一天，家属向村干部和"执客"报告，商定处理"后事"，并给近亲"送信"；第二天，家属上午扩大"送信"范围，亲朋好友陆续来吊唁，吹鼓手和流水席开始"登场"；第三天，午后火化送葬；第四天，家属进行"五七"圆坟。

在大体掌握了当地丧葬习俗之后，制定改革方案就提上了日程。从整合时间上看，第二天和第三天都有吊唁的程序，可以考虑合二为一，集中吊唁；第四天的"五七"圆坟，可以考虑整合到下葬当天。这样，总的流程就可以控制在两天时间内，即当天去世后，家属向村里的负责人汇报情况，同时向亲友"送信"，第二天上午亲朋

组织人员到下水河村学习殡葬改革经验

集中吊唁，中午火化下葬，同时进行“五七”圆坟等。从改革细节上看，吹鼓手、流水席、孝服、纸牛纸马和木棺等几项花费较大，是殡葬改革的重点。其中，吹鼓手可以改为播放哀乐；纸牛纸马和木棺可以取消；孝服仅限直系子女穿着，亲友服装从便；流水宴席改革如果阻力大可以简化成大锅菜；对于“泼汤”“拄孝棍”等几乎没有成本的环节，可以继续保留，既能让家属释放悲伤的情绪，又能减少改革的阻力。

改革是目的，稳定是底线。我们开展殡葬改革，既要减轻群众的经济负担，还要照顾群众的感受和尊重当地的风俗。原有环节是完全取消，还是适度调整，或者继续保留，都要充分论证，顾及多方，避免不良影响，埋下不稳定隐患。

在农村，有的家庭故意通过葬礼来彰显家族的社会关系和经济实力，比如，流水宴席（10 菜 1 汤）一般要连吃 3 天，吹鼓手一般也是连续演奏 3 天。为了彰显实力，条件好一些的家庭流水宴席能超过 200 桌，烟酒标准也越来越高；吹鼓手则邀请两班队伍，每班队伍 6—8 人，每人每天基本费用 120—150 元，亲属点戏费用还要另算。我曾见过一份丧葬花费详单，仅吹鼓手一项就花费了 19000 元（含点戏费用），葬礼总费用超过 7 万元。这种攀比之风，必须坚决遏制，否则会愈演愈烈，加重群众的经济负担。

刚才提到，第一次吃流水席的时候还发生了一件令我难忘的事。当时，为了深入了解当地丧葬风俗，我就托朋友带我去体验了一次流水宴席。那天吃的什么饭菜没有太深的印象，记忆最深的却是装茶水的桶——一个废弃的塑料农药包装桶，上面还写着 xx 农药，这几个醒目的大字让我心里顿时咯噔了一下。虽说这个桶在装农药的时候里面会加一层塑料袋，但毕竟是装农药的桶，再用来装饮用水，心里还是会不舒服。当时的情况下，大家都喝这个桶里的水，如果不喝会被人家说城里人矫情。其实，就算喝下去也不会有太大问题，但心里始终有个坎儿。最终，我还是喝了下去，然后就是连续两天泻肚子。第二次吃流水席的时候，要命的是又遇到了这种装农药的水桶，还是同样的结果——连续泻肚子。

第一书记的工作环境不像机关那么优越，但是要想干工作，就必须克服困难，只有融入环境，才能融入群众。

“疯子”书记

殡葬改革初期，绝大多数人不理解，更不看好这项工作。听说我铁了心要拿下此事，特别是听说我自己随份子钱去吃流水席、在宿舍里播放哀乐等事之后，大家都感觉非常惊讶，私下里送了我一个外号——“疯子书记”。

起初，我虽觉得这个外号刺耳，但也懒得去理会；后来，殡葬改革成功后，反而觉得这个外号是对我工作态度和担当意识的认可。

到核桃峪村初期，我一方面积极协调帮扶项目，努力与干部群众处理好关系，为殡葬改革打下良好的人际关系基础；另一方面积极征求乡镇、村里干部的意见、建议，多方面听取大家的意见，不断地调整和完善殡葬改革方案。

据我了解，每个村里几乎都有红白理事会，也制定了统一的丧葬简化标准，但是因为各种原因都没能得到有效落实，其存在的意义更多是挂在墙上应付各种检查。而现有的检查，多数是翻翻记录的本子，看看墙上的制度，只要这些都有就行了，而

与群众交流村里工作

最关键的落实环节，却很少有人去关心。好像制度出台了，就等于工作落实了。工作中，我也经常反思这个问题，我们不能为了调研而调研，为了报告而调研，这样不仅浪费了大量的调研经费，还增加了基层负担，最后却没有实际意义。

关于殡葬改革，我与乡镇分管领导、管理区领导和工作人员都交流过，听取他们的意见和建议。大家普遍认为葬礼仪程复杂、铺张浪费，俨然成了村民相互攀比的一个载体，有的群众家里甚至举债出丧，应该坚决制止这种现象。但大家的结论也比较一致：丧葬简化几乎是不可能办成的，因为这是祖上传下来的规矩，没有人愿意去碰触这些事情，除非这个人“疯了”。

当时，我可能真的“疯了”，偏要与一项千百年传承下来的风俗较真，与一件村民你情我愿的事情过不去。看来，大家送的外号一点也没错。

平时走访过程中，我委婉地表达了殡葬改革的想法，试探性地征求群众的意见、建议，逐步得到了大家的理解和支持，但最大的问题在于谁当第一户带头人。再者，如果殡葬要改革，最终会改成什么样子？新的标准能降低多少费用？群众能否接受新标准？

群众支持改革的原因主要有以下几点：一是丧葬花费太多，家庭经济压力大；二是葬礼礼数太多，折腾家属和亲友；三是村里年轻人少，经常找不够帮忙的人手；四是丧葬持续时间太久，耽误年轻人工作挣钱。虽然群众改革的愿望强烈，但他们也不看好改革，主要原因有以下几点：一是村里人认老理，讲究多，非常看重红白事，如果处理不好会引起家族矛盾，虽然白事花钱多，但也不是每年都会遇到这种事，平时节俭一下，遇事也能撑过去，算是花钱买平安了；二是这么多年来一直在倡导殡葬改革，但是始终没有有效落实。所以，他们对这次改革同样不抱希望。

后期，我又多方征求意见，多数人象征性地给我“精神”安慰，但最终下的结论是：只有“疯子”才会在农村这么保守的地方做这件事。

不管阻力有多大，不管困难有多少，不管大家如何看待这个问题，我还是坚持下来了。2015 年 7 月份，随着殡葬改革在核桃峪村顺利开展，马庄镇和费县先后推广核桃峪村的殡葬改革经验，特别是中央电视台《新闻联播》专题报道之后，“疯子书记”的外号突然间消失了。每当回想起这件事，我都自嘲道：可能是我的“病”好了。

现在回想起来，如果当时畏惧风言风语，及时收手停工，也就不会有殡葬改革的成功经验，我的第一书记工作也就会变得平淡无奇、索然无味。所以，很庆幸自己坚持下来了，坚持了真实的自我。

“拿下”老书记

因殡葬改革的前期调研工作较为充分，我对这项工作也抱有较大信心，但实施改革肯定绕不过一个人——陈庆亮书记，村里真正的“一把手”。

对陈书记，我始终多敬三分。一是年龄方面，他比我父亲还年长；二是经验方面，他拥有 30 年的基层工作经历；三是关系方面，他既是工作中的同事，也是工作中的老师。

殡葬改革这么大的事，一定要和陈书记充分沟通。所以，到核桃峪村之后，我曾试探性地征求陈书记的意见。结果，当场就遭到他毫不留情地拒绝。交流前，我想到过这样的结局，但没想到会是这么直截了当地拒绝，心里多少有些失落，脸上也觉得没面子。有了这次过招，我对陈书记的性格有了更深入的了解。

我曾把殡葬改革比喻为一场“战役”，对其难度是有心理准备的。所谓“上兵伐谋”，就是不费一枪一弹让对方缴械投降，而且是以对方乐意接受的方式缴械。眼下，最有效的“武器”就是思想工作。

很多时候，我坚信“事缓则圆”的道理，特别是殡葬改革这么敏感的话题，更是“心急吃不了热豆腐”，两年时间才刚刚开始，慢慢等待，机会总会来的。

陈庆亮书记协调殡葬改革工作

但出乎意料，机会很快就来了。

一次党员大会后，陈书记找我单独聊天，提出了安装太阳能路灯的想法，初步计划10盏，预算3万元，让我想办法协调费用。当时，我没有立即表态，而是在思考怎么下好这盘“棋”。陈书记见我不说话，误以为自己预期太高了，立马改口，如果经费太高，先安装5盏也可以。

其实，在我们入村时，单位就拨付了10万元的乡村文明专项经费，用于村庄“五化”工作，其中就包含“亮化”工程。我之所以没有痛快地答应陈庆亮书记，是想让自己掌握主动，把这个项目当作一个交换筹码：我支持陈书记安装路灯，陈书记支持我开展殡葬改革。

正如所料，陈书记着急安装太阳能路灯，就不断地找我商议此事。第三次沟通时，我给他透露了一个信息：我们单位有专门用于开展乡村文明建设的项目经费，如果能把这个项目的经费申请下来，差不多可以买40盏太阳能路灯。

听说有这么多经费，陈书记的兴趣一下提高了，急着追问如何申请这笔经费。

我一看有戏，就开始引入正题，慢慢解释道：“单位正在力推农村移风易俗，如果我们能够实施殡葬改革，再专门去向领导汇报，拿到这笔专项经费的可能性就非常大。”陈书记迫不及待地问道：“申请成功的概率有多大？”

因为经费当时已经到了乡镇财政账户上，我心里比较坦然但又故作神秘地告诉他：“如果殡葬改革能够顺利落实，几乎有百分之百的把握。”

这笔经费对陈书记来说“诱惑”十足，他继续问道：“如果殡葬改革成功的话，经费多长时间拨付到位？”

此时，我已经猜到了结果，但还是努力抑制着内心的兴奋与激动，以最平静的语气答复陈书记：“只要有一户人家落实完丧葬简化措施，我保证经费第二天到位。”接着又“忧虑”地感叹道：“万事开头难，改老祖宗传下来的规矩更难啊。”

这三年，我最大的体会就是“重奖之下必有勇夫”。陈书记这次毫不犹豫地就答应了，并且当场表示，“只要我们两个人齐心合力，一定能顺利推动殡葬改革！”

实践证明，只要“一把手”想干的事，几乎是没有干不成的。

很快，我们两人就明确了分工，陈书记负责做好村“两委”、党员的思想工作；我负责准备殡葬改革所需的规章制度、简化措施，以及协调经费、购置物品等保障工作。

最后的结果，大家可能在新闻里看到了：殡葬改革顺利落地。随后，太阳能路灯在第二个月就全部安装到位了。

建立“统一战线”

我一直认为，这不是一个单打独斗的时代，只有团结队伍、凝聚力量，才能集中力量攻坚克难。这几年的工作，让我更加深刻地体会到，群众的智慧是无限的，群众的力量是无穷的。做好群众工作，就要相信群众、发动群众、依靠群众。

作为一名毫无基层工作经验的年轻同志，要在一个陌生的环境里顺利推动殡葬改革，单靠我一个人或者我与陈庆亮书记两人显然是不够的，必须组建一个以村“两委”为班底的团队，建立最广泛的“统一战线”。

召集群众代表对核桃峪村重点工作进行分析研判

这个团队中，首先必须有一个威望高、能力强的人负责牵头工作。显然这个人就是陈书记。其次，还要寻找人缘好、办事稳的人。这些人也比较明确，就是各个自然村的主要负责人。他们是这个团队的中坚力量，负责将殡葬改革的消息及改革的大体流程“宣传”出去，同时，进一步收集群众的意见、建议，有针对性地做好群众的思想工作。再次，要努力争取最广大的中间群体——村民。平时入户走访过程中、村里健身广场聊天过程中，我都委婉地透露出要殡葬改革的想法，也得到了绝大多数群众的支持。但是嘴上支持，实际行动能否支持，我没有绝对把握。所以，我们要努力争取群众将口头支持落实到行动上。

这个团队中，我给自己的定位是策划员与联络员。作为策划员，要做好殡葬改革的顶层设计，从完善制度到掌控进度，从改革方案到补救措施，确保各项流程环环相扣、衔接有序；作为联络员，要将陈书记、自然村负责人和群众的意见、建议及时有效地传递，确保各种信息传递无障碍、人际关系处理较融洽。

陈书记已经同意在村里开展殡葬改革工作。现在，他是我最放心、最有力的合作伙伴。

自然村的负责人不负众望，表态坚决支持殡葬改革工作，按照要求做好群众的思想工作。在得到自然村负责人的表态后，我们加快了工作节奏。在当月的党员大会上，我正式宣布了村里推行殡葬改革的计划，并简要介绍了殡葬改革的大体流程和措施。党员大会召开前，我心里还是略有紧张的，担心有人提出反对意见，带动其他人抵制殡葬改革。令人欣慰的是，关键时刻彰显了党员的责任、担当和修养——全体党员表示全力支持殡葬改革。那一刻，紧张、期待、激动、兴奋、感恩，我百感交集，久久不能忘怀。

党员大会通过这项议题，是整个殡葬改革工作的重要环节之一，它标志着核桃峪村的主导力量已经加入我们的团队，我们的力量得以壮大，并实现了质的提升，殡葬改革的底气也越来越足。

接下来，我们工作的重心就放在了群众身上。

任何新事物的接受都需要一个过程。为了让群众更好地接受殡葬改革，我们留出了一定的时间，同时也努力营造殡葬改革的浓厚氛围。

一是传递殡葬改革信息。自然村负责人向群众解释殡葬改革的重要性、必要性和紧迫性，简要介绍殡葬改革的大体流程，逐步缓解群众的精神压力和抵触情绪，努力争取大家的理解和支持。

二是营造浓厚舆论氛围。在村委、健身广场、村卫生室等人员容易集中的地方制作墙绘；在不宜做墙绘但人员流动比较大的路口、过道等悬挂横幅。那段时间，大家都在讨论改革，有人支持，有人担心，也有人质疑，但支持的占多数。

三是要求党员干部带头。在每月的党员大会上，我都刻意强调党员的表率作用和带头作用，这些工作都是为殡葬改革做铺垫。在这件事上，我们的党员起到了很好的模范带头作用，不光自己全力支持殡葬改革，还带动家属全力支持殡葬改革。

在大家的共同努力下，我们的改革工作得到了绝大多数群众的理解和支持，只有极少数涉及自身利益的人提出了反对意见，但是他们已经无法阻挡改革的步伐。

任何改革都不会一帆风顺，注定要充满曲折，我们也做好了应对困难的准备。当下，有了最广泛“统一战线”的支持，我相信，我们等待的只是一个时机了。

制定殡葬简化新标准

殡葬改革要改成什么样？这是群众非常关心的一个问题。因此，制定新的殡葬标准是整个殡葬改革的核心环节，如果这个环节设计不好，殡葬改革也将以失败告终。

在我看来，殡葬简化首先要处理好改革和稳定的关系。成功的殡葬改革需要具备以下几个条件：一是程序明显简化，费用大幅下降；二是能有效遏制攀比之风，引导良好风气；三是绝大多数群众能够认可和接受，不会引发影响稳定的问题。

为进一步研究殡葬改革，我在网上下载了很多版本的简化标准，也通过工作关系了解了莱芜、淄博等地的农村丧葬简化标准，以及相关改革工作的经验，甚至不断地回顾老家（济南市历城区唐王镇）的殡葬习俗。经再三思考，我仍然认为，上述资料仅可作为参考，不能简单照搬。因为风俗具有明显的地域性，照抄照搬容易“水土不服”，难以落地。这就像核桃峪村殡葬改革经验推开后，好多地方组织村干部来学习，也把相关资料带了回去，但多数村子未能顺利推动改革一样。

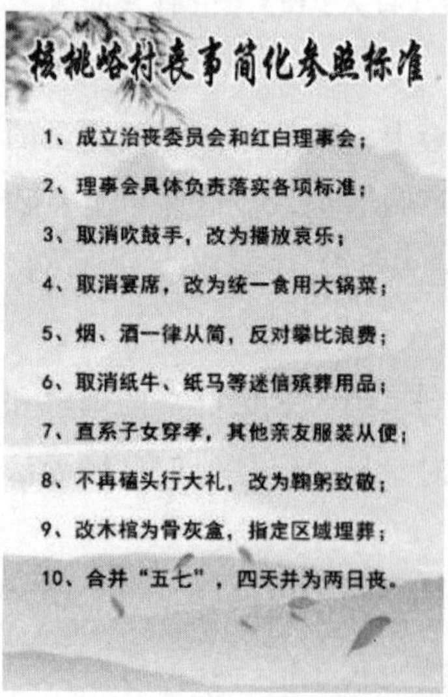

核桃峪村殡葬改革措施

外地的经验再好，还得结合当地的实际，让群众接受和满意才行。所以，在了解了一定的殡葬改革信息后，我拿出了一个大概的改革思路和方案，具体细节还要再和村干部、党员、群众代表等商议。

为了确保稳妥实施，我和村干部在办公室常常一讨论就一整天，有时从早上 8 点讨论到晚上 8 点，午饭和晚饭也就应付一下，直到方案确定为止。比如“吹鼓手改为音响播放哀乐”这一条措施，有的人就觉得不合适，这么庄严的场合怎么能摆放一个冷冰冰的电子设备呢？我们认真解释，充分沟通，多数代表同意后，确定了这条简化措施。再比如，原本想完全取消流水宴席，但是多数人反对这条简化措施，认为逝者家属及群众很难接受。所以，我们只是将十菜一汤改为了大锅菜，但仍然保留了流水宴席。

在制定改革新标准的过程中，村干部、党员、群众代表团结一致，集思广益，通过不懈努力，最终拿出了大家相对满意的十条改革措施。虽然仍有遗憾，有些措施甚至是相互妥协的结果，但已经基本达到了改革要求。具体如下：

1. 成立治丧委员会和红白理事会；2. 理事会具体负责落实各项标准；3. 取消吹鼓手，改为播放哀乐；4. 取消宴席，改为统一食用大锅菜；5. 烟、酒一律从简，反对攀比浪费；6. 取消纸牛、纸马等迷信殡葬用品；7. 直系子女穿孝，其他亲友服装从便；8. 不再磕头行大礼，改为鞠躬致敬；9. 取消木棺，骨灰盒直接埋葬；10. 合并“五七”，四天并为两日丧。

这样，殡葬改革后的程序为：

第一天：治丧委员会和红白理事会成员进驻丧主家，协助家属准备丧礼各方面工作，家属同时向近亲“送信”。

第二天：上午，亲朋好友集体吊唁；中午，逝者火化；下午，亲人送葬。

在后续的实践中，我们也结合实际进行了修订。如果老人上午去世，就完全按照上述程序执行，两整天完成出殡；如果老人下午去世，就多给家属留出半天准备时间，整个仪程仍然控制在 48 小时内。

新的丧葬简化标准得到了广大群众的认可和支持，外村来观看出殡仪式的群众也给予了高度评价，认为省钱、省力、省事，还文明。其中有一件事让我印象非常深刻。外村有一名群众来核桃峪村观看出殡仪式时悄悄地告诉我：如果他们村早前也推行殡葬改革，他就不用借债为老母亲办理丧事了。从衣着和样貌分析，他是一个典型的老实庄稼汉子，思想深深地被旧习俗禁锢着。他那无奈、幽怨的眼神，一直深深地扎在我的脑海里，让人有一种心酸、心疼的感觉。

这件本不被看好的工作完成后，我开始反思群众工作的方法：有些很难的工作最终被轻松地推动了，有些很简单的工作却很难开展，而问题的关键在于我们制定政策时有没有“群众思维”，落实政策时有没有“群众意识”。实践证明，只有接地气的政策才会得到群众的支持和拥护。

殡葬改革完成后，群众干事创业的积极性也彻底被调动起来了，正如陈书记所言：“这么难的事都办成了，今后还有什么事能难倒我们？”

治丧委员会与红白理事会

殡葬改革之初，原本计划只成立红白理事会来具体落实改革措施，但在工作推进过程中又遇到了新的问题，无奈之下，我们便成立了治丧委员会与红白理事会两套班子。

为了把新的丧葬简化标准告知群众，同时再次征求群众的意见建议，我们决定召开村民代表大会，参会范围为全体村干部、党员，以及群众、“执客”（也称丧事主管）代表。开会的前一天晚上，我心里隐约感到一丝不安，总觉得某个地方准备不充分，但又想不出哪里存在遗漏。越想不出越着急，越着急越无法入睡。实在睡不着，我索性起床察看丧事简化参照标准和第二天开会准备的发言稿，一遍遍地检查，一遍遍地思考。

丧事简化标准的第一条就是成立红白理事会，并由理事会具体负责落实各项措施。看到这一条内容，我的目光停下了，大脑也开始反复思考一个问题：如果“执客”不同意加入红白理事会，那该怎么办？没有“执客”，丧事简化就无从谈起。想到这儿，我后背几乎冒出了冷汗：如果没有提前考虑到这个问题，明天大会可能就不好收场了。

如何让“执客”积极配合工作确实是个难题。首先，没有专门的经费补贴“执客”；其次，没有政策关照“执客”；再次，也没有规章制度约束“执客”。思来想去，只有两条路可走：要么打感情牌，争取大家的理解和支持；要么打强硬牌，让“执客”无路可退。关键时刻，还得靠村干部。

但转念一想，村干部对丧葬细节和仪程并不专业，而且很多人放不下面子来担任丧事主管，他们在会议现场极有可能与“执客”相互推诿，互相“踢皮球”。这又是摆在面前的一个问题。

安静的夜晚，让人头脑清醒，适合思考问题和琢磨办法。不久，我想出了一个相对满意的方案——成立两套班子。

第一套班子：红白理事会。成员由各自然村的“执客”组成，负责具体落实殡葬改革措施。

第二套班子：治丧委员会。成员由村干部组成，负责监督和督促红白理事会落实具体措施。

这样，村干部和“执客”共同参与进来，谁也不能推卸责任。我们的村干部拥有绝对的掌控力，而且可以发挥村干部的威信和影响力给“执客”施加压力。

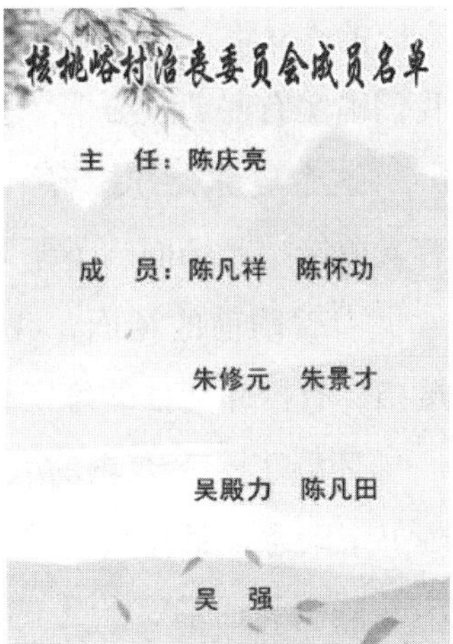

核桃峪村治丧委员会

这个睡前突然发现的问题，以及半夜想出来的办法，在第二天发挥了重要作用。

次日早上，我临时决定邀请乡镇宣传干事高树银一起参加村民代表大会，并携带摄像机全程录像。携带摄像机录像，一方面有利于后期反复研究、分析村民提出的问题，对殡葬改革有关细节进行调整和打磨；另一方面，也是最主要的目的，可以震慑借机闹事的人。

有陈书记压场和摄像机助阵，我的心里多了一份底气。但为了进一步给自己“壮胆”，我在介绍完会议主题后，特意强调了会议纪律，希望大家理性发言。

会议前半段，大家或许是碍于面子，或许是忌惮摄像机的震慑，发言相对温和，遇到不满意的地方就以沉默来表示“抗议”。但随着话题的深入，大家的情绪开始激动起来。当“执客”听到要被编入红白理事会时，现场紧张的气氛达到了巅峰。“执客”以各种理由推脱，向在场的村干部吼道：“既然村干部要简化丧事，那你们就全盘接管，我们什么也不干了。”愤怒之时，有人甚至激动地站起来，用手指着村干部表达强烈不满，似乎要打架的样子（2015 年 11 月 15 日，中央电视台《新闻联播》播出的“一个村里的俩书记”插播的一段视频就是当时现场的原始资料）。当时，特别担心有人控制不住情绪引发骚乱。好在陈书记及时劝阻，大家斗完嘴就算了。

意料之中的事还是发生了。

“执客”们的心情是可以理解的，像吹鼓手、流水宴席、纸牛纸马和木棺这些环节，有的“执客”是有提成的。一旦丧葬简化取消了这些环节，人家的“财路”不就被斩断了吗？断人财路，还要人家无偿服务，仔细想想，我们确实有些“过分”了。

这个皮球被“执客”们踢给了村干部，村干部相互对视了一下，却没有人敢接招，场面一下子陷入了僵局。

看着眼前的场面，我心里觉得既好气又好笑。好气是因为村干部不敢接招，有推卸责任的嫌疑；好笑是因为今天的场面昨晚已经预想到了。

环顾了一下在场的人，我向陈书记示意，想表达一下自己的观点。经陈书记同意，我介绍了“两套班子”的想法。

陈书记听后，脸上的表情立马好转。很显然，他对这个方案给予“充分认可”。

“执客”们没想到会有这一招，临时找不出反驳的理由，却又不甘心这个结果，个别“执客”脸上露出不屑的表情。

这时，陈书记赶忙打圆场称，村干部成立治丧委员会，“执客”成立红白理事会。现场未提出反对意见，便初步确定了这个方案。

后来，我们把个别意见较大的“执客”作为重点攻坚对象，又单独做了许多工作，最终平稳地攻克了这一关。

攻坚“执客”

执客，也称丧事主管，负责整个葬礼的大小事务。他们对内精通葬礼的各项流程，对外熟悉流水宴席、吹鼓手、纸牛纸马等的“商家”。所以，一场葬礼的“执客”只要确定了，丧主除了负责开支费用，其他事情就不用操心了。可以说，“执客”在农村白事中发挥着至关重要的作用。

“执客”作用越大，我们就越重视。在正式接触“执客”之前，我也对这个职业做了一些了解。我在走访中了解到，绝大多数群众对“执客”评价很高：热情、能干、认真、负责，让丧主家省心；也有个别群众反映，有的“执客”不厚道，在流水宴席、吹鼓手、纸牛纸马等花销较多的环节拿提成，即便家属后期对账时发现异常，但碍于面子也不好追究了。

我相信绝大多数“执客”都是好的，个别“执客”可能存在一点私心，这种情况也在所难免。但是，殡葬改革动了“个别人”的奶酪，他们可能会在改革中捣乱，煽动其他“执客”阻挠改革。

果不其然，谣言开始在村里传开。有人说，殡葬改革就是搞试点，不会持续太长时间，谁按要求试点谁就会吃亏；还有人说，第一书记就是搞政绩工程，纯粹是给自己捞政治资本，根本不会真正进行改革；也有人蛊惑民心，说这个事根本推动不下去，大家不要跟着瞎胡闹。

为了尽快平息谣言，我们加快了改革步伐，希望用实际行动证明我们改革的决心。

针对部分“执客”的消极情绪，我们研究制定了三套方案：一是在村民大会上试探“执客”的反应，根据实际情况再做下一步打算；二是针对反应强烈的“执客”，我们单独上门做工作；三是推荐各个自然村“执客”后备人选，给现有“执客”施加压力。

在召开村民代表大会前，我们挑选了部分服从组织安排、在村里威信威望高、语言表达能力强的党员干部，均匀分散在会场，每个人划分“责任区”。如果你的“责任区”里有人提出反对殡葬改革的意见，就由你负责用更充分的理由反驳他，要确保从道理上和气势上都压倒对方。为此，我们还提前准备了“执客”可能在会场提出的问题：比如，老祖宗留下来的东西不能改、这是破坏传统文化、为什么在核桃峪村先试点、有没有政府文件等等。针对问题又逐条整理出合理答复，做好“应急处置”的准备。虽然村民代表大会氛围曾一度紧张，好在准备充分，有惊无险地通过了改革方案。同时，也让我们发现了几个反应激烈的“执客”，明确了需要重点攻坚的对象。

对重点“执客”的思想工作，我们有分工有协作。在自然村负责人、行政村负责人及我本人的轮番“轰炸”下，有几名在村民代表大会上表达反对意见的“执客”妥协了，他们表示支持村委工作，配合殡葬改革。但仍有个别“执客”含糊其词，不再提出反对意见，但也不明确表态支持。这个结果也符合常理，但凡涉及改革的工作，不会一帆风顺，更不可能一蹴而就，对此，

到执客陈庆恩家请教殡葬风俗常识

我们是有心理准备的。

连续“两板斧”虽然没有做通全部“执客”的思想工作，但我们还是开始了着手推荐“执客”后备人选的工作。据了解，每个自然村一般有1名“执客”为本村白事的主负责人，另有1—2名“执客”因年龄等原因很少出面。掌握这个情况后，我们一边积极做老“执客”的工作，一边安排村干部加入“执客”队伍。一旦发生“执客”集体辞职的情况，村干部可以及时顶上，防止出现无人操持白事的尴尬局面。任何可能出现的问题，我们都提前一步想到了并采取了相应措施。

这样，我们根据自然村的人数规模和殡葬改革的实际需要，为每个自然村配备了3—5名“执客”。排名第一位的，即是当下操持白事的主力“执客”，老“执客”排在后面作替补，村干部排在最后一位保底。我们这么做，不仅解决了红白理事会成员的问题，从某种意义上讲，也算是完善了“执客”队伍的梯队建设。

鉴于上述情况，即便极个别“执客”心存不满，但迫于形势压力，最终都表态支持改革。这样，在大家的共同努力下，殡葬改革的又一巨大障碍被攻克了。

二手市场“淘宝”

殡葬改革的几个“瓶颈”问题解决后，工作就由“软件”转向“硬件”。其中，购买流水宴席用品是重点。

核桃峪村辖三个自然村：大湾、杏树湾、土山后。由于三个自然村相隔较远，如果只购买一套，来回搬运不方便，而且一旦有人同时去世，就会有其中一方照顾不上，势必会引起当事人的不满。为了充分调动大家的积极性，经与村里党员干部商量，我们决定购买3套，为每个自然村配发一套完整的丧葬用品。

根据葬礼实际需要和当地物价分析，我们大体计算了所需物品及费用：一场葬礼大概需要15套餐桌、水壶，120套座椅、碗筷、茶杯、酒杯，75个菜盆，4个大帐篷和大盆，2套音响，1座烧水炉等，共计约8000元。三个自然村合计约24000元。按照预算，简化后的葬礼费用由原来的约3.5万元降至约1万元，那么一场葬礼节省的费用就超过了殡葬改革的总支出。这么算，殡葬改革的"性价比"非常高。

为了节省费用，我们对每一件物品都要精打细算。在物资准备这项工作上，陈庆亮书记付出了很多，也发挥了重要作用。他打听到相邻的平邑县有专门生产桌椅板凳的加工厂，价格相对便宜，我们就坐车去了平邑县。转了很多加工厂看样品，但也没找到想要的款式和尺寸，无奈空手而归。

因在平邑县耽误了大半天却一无所获，所以大家的心情有些失落。因为在当时那个关键时刻，我们几乎是与时间赛跑。殡葬改革的前期工作已经准备得差不多了，如果在某个环节上耽误时间过多，既容易给谣言留下空间，又可能影响大家的积极性。所以，我们必须快马加鞭，尽量往前赶。

返程的路上，陈书记提到费县县城有一家旧货市场，里面不光是二手货，也有新物件，价格还不高。这个信息一下又点燃了我的工作热情，反正回村也得路过县城，正好可以顺路过去看看。

旧货市场淘来的桌椅板凳和锅碗瓢盆

刚到旧货市场门口，我的心就凉了一半，眼前的景象与心里的预期落差太大了，用"破败"来形容一点都不为过。但进去后却发现，这里货物非常齐全，我们需要的东西都有，而且全是新品。更可喜的是，商家库存充足。这次收获实在太大了，既能一次性采购齐全，还能节省备货时间。当时，心里甭提多高兴了。

商铺老板很实诚，经过简单交流沟通，报价的确不高，但鉴于谈判中“漫天要价，坐地还钱”的心理，我们第一次见面并没有急着订货，而是采取迂回战术，先回核桃峪村，按照程序向村里党员干部汇报一下今天的行程和收获，再征求大家的意见，决定是否从费县旧货市场采购物资。

村里的党员干部听说我们考察殡葬改革用品有了新进展，表现得格外兴奋和积极，大家一致支持我们尽快把东西买回来。在费县购买物品，一旦发现问题，调换或者维修也很方便。

第二天，我和陈书记再次来到旧货市场，列出了所要采购物的品种类和数量。在与商铺老板的交流中我们得知，他家就是平邑县的，昨天我们还去过他村里。更巧合的是，他们村有一位临沂市银监局派驻的第一书记。

第一书记圈子里流传着一句话——天下第一书记是一家。我又通过个人关系，联系上临沂市银监局驻村的刘书记。经过他的牵线，我与老板的关系瞬间拉近了很多。听说我是为推动村里殡葬改革而来购买物资的，他颇为感动，并决定以最优惠的价格给我们供货。

在确定好采购物品的种类、规格、数量、价格及送货时间等信息后，我们留下了 3 个自然村的地址和联系人，由商铺老板安排送货进村。在适当交付了订金后，我们就赶回了村里。当天下午，采购的物品就全部到村了。

当物品被拉到村里时，村里干部、党员、群众、“执客”争相前来观看，看得出大家是发自内心的高兴。看到这一幕，我对殡葬改革工作更有信心了。此时，万事俱备，只欠东风。到这里，我们只差实践检验了。

宿舍里的哀乐

桌椅板凳、锅碗瓢盆及音响设备等硬件都已准备齐全，只要配好葬礼上的曲子，就基本达到“开工”的条件了。看到前期准备工作有了初步成果，我的心里非常高兴。

我一直非常尊重群众的意见，在制定丧葬标准、采购物品等环节上始终与大家保持着充分的沟通。比如，在采购音响的时候，“执客”建议购买两台，大音响放在丧主家里播放哀乐，小音箱便于“执客”携带在出殡路上使用。只要利于改革，符合实际需要，我们就积极采纳。

选定音响设备相对简单，质量好、易操作、携带轻便就可以，但是哀乐和唢呐曲目相对难找，尤其是唢呐曲目。

哀乐的网络资源本来就很少，而且音质、时长、节奏等符合要求的更少。向村里群众和“执客”请教唢呐曲目，他们表示平时也只是听个“热闹”，吹鼓手演奏什么大家就听什么，哪知道曲名啊。有人建议去白事现场找吹鼓手录制哀乐，但是我们搞殡葬改革是断吹鼓手的财路，怎么好意思去和人家商量这事呢。

作为一个年轻人，我坚信在互联网如此发达的今天，几乎没有在网络上找不到的东西。我开始把精力重点放在互联网上，通过不断地搜索、对比、试听，终于确定了几首相对满意的曲目。

经过对比、测试等环节，我挑选了一段音质较好的哀乐，唯一遗憾的是这段音乐时长只有约 20 秒，显然不符合葬礼的要求。正在犯愁时，头脑中突然灵光闪现，我把哀乐复制了 5 遍，在 U 盘（音响是插 U 盘式的）里建立 5 个文件夹，设置成“循环播放”，问题就迎刃而解了。这样做的好处有两个，一是解决了时长不足的问题，二是哀乐资源损坏时可以及时“补位”。

由于网络上的唢呐资源不多，在与村里干部、群众及“执客”代表沟通后，大家拿出了一致的意见：只要唢呐曲目不是太明显的欢快节奏就可以。但是，在这件事上我非常谨慎，坚持要找到合适的曲目，这是对逝者及家属最起码的尊重。

吹鼓手改为用音响播放哀乐

功夫不负有心人，通过不懈努力，我终于在网络资源中找到了节奏、时长、音质等都符合要求的唢呐曲目——《百鸟朝凤》。为了稳妥起见，我又准备了第二首唢呐曲目《哭黄天》，虽然音质等条件比不上《百鸟朝凤》，但是作为后备曲目，完全没有问题。

虽然在电脑上测试没有问题，但将来用在室外葬礼上，户外音质效果怎么样，我心里没有把握。比如，声音放大了会不会有杂音、循环播放能不能顺利实现等等。

检验音质效果，肯定是不能拿到村里测试的，要不然大家会觉得不吉利。所以，我只能在宿舍这个相对“封闭”的环境里试验，测试不同哀乐、唢呐曲目的实际效果，还要对低音、中音和高音的哀乐、唢呐效果进行对比。

当我正沉浸于“重大成果”中时，镇政府工作人员却慌慌张张地跑进我的宿舍，询问出了什么事。

我当时一懵，然后马上意识到自己“犯错”了。我所在的镇政府的宿舍和镇政府食堂只隔了一条 2 米宽的小路，我在宿舍播放哀乐和唢呐的时候，正是工作人员中午用餐的时间。因测试声音较大，而且又是持续不断地轮换播放，引起了大家的注意，还以为大院里有“白事”呢。

影响了大家吃饭的心情，我自己也觉得非常过意不去，赶紧把音乐关闭，并向工作人员表示歉意。

后来忆起此事，曾一度担心如果大家知道是我在宿舍里放哀乐，会不会进一步印证“疯子书记”的外号，想到这里，连自己都觉得好笑。

每当回想起此事，总觉得那是一段幸福的时光。幸福往往不是你得到了什么，而是能够开心地、专注地、执着地去做自己喜欢的事情。

建章立制

崭新的桌椅板凳，标配的锅碗瓢盆，先进的音响设备，在我眼里，它们此刻是如此的可亲，如此的可爱，因为它们承载着我的梦想，承载着父老乡亲精神脱贫的希望。

所有的物品都准备好了，接下来如何使用、如何管理等问题随之而来。因为我们的目标是长期执行丧葬简化标准，所以，这就对我们提出了更高的要求：一是明确管理人员，二是制定管理制度。

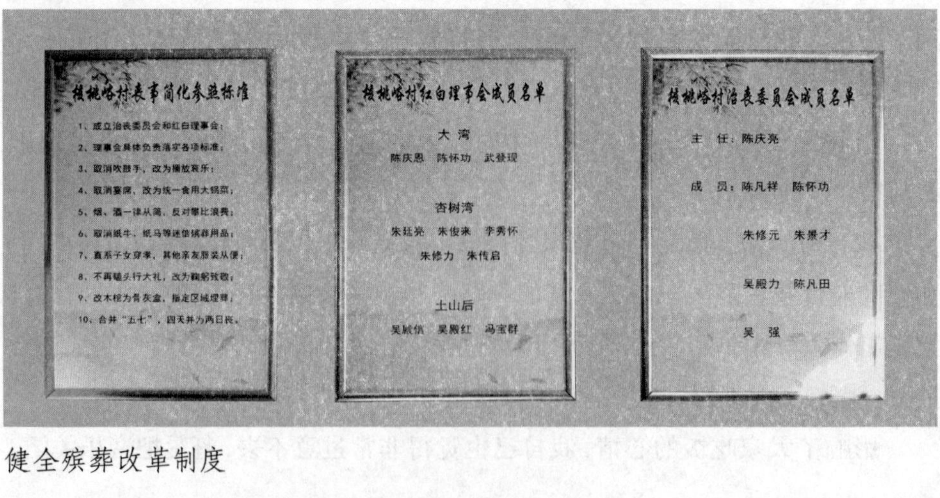

健全殡葬改革制度

任何问题，核心永远是人；长远考虑，制度才是根本。殡葬用品由谁管理需要谨慎考虑、决定。东西虽然不值几个钱，但是一旦人选不合适，效果就会适得其反。

为此，我专门与3个自然村的干部和“执客”开会研究，提出了对管理员的标准：一是家里必须有足够的空间存放各种设备；二是家属必须同意在家中存放设备；三是要定期维护电子设备；四是要服从村委对设备的调度使用。

按照上述条件，我们确定了管理人员：大湾村由陈庆恩（执客）管理，杏树湾村由朱景才（自然村负责人）管理，土山后村由吴殿立（自然村负责人）管理。

接下来，就是围绕殡葬改革建章立制，主要是从两方面定规矩：

首先，殡葬改革配套用品的管理、使用和维护。

1. 管理方面：一是借出及回收，要及时清点，确保数量和质量；二是发生损坏或丢失，使用方要照价赔偿；三是做好日常登记，及时查漏补缺。

2. 使用方面：一是不配合殡葬改革的家庭，一律不允许使用任何物品；二是经村委同意，周边村庄执行核桃峪村简化丧葬标准的家庭，可以无偿借用所需物品；三是管理人员负责指导“执客”使用音响设备。

3. 维护方面：一是每次借出和回收，做好损耗记录；二是做好电子产品的维护保养；三是定期将损耗上报村委，由村委集体采购进行补充，或明确责任方予以赔偿。

其次，对不执行殡葬简化标准的制约措施。

1. 治丧委员会和红白理事会成员不允许参与帮忙，由丧主家自行办理丧事。

2. 村干部、党员不允许参与帮忙，将实际情况纳入年底考核，并作为评优、换届的重要参考依据。

3. 情节严重的，家庭成员取消评优、竞选资格。

管理人员确定了，规章制度建立了，殡葬改革配套物品也全部下发了，管理人员到底能不能按照规定要求和自己的承诺保管好集体财产呢？为了验证实际效果，我经常到管理员家里聊天，顺便了解一下物品管理的情况。令人高兴的是，大家都非常认真、非常负责，各样东西都保管得很好，我的心里也踏实了很多。

其中，陈庆恩给我的印象最深刻。三个管理员中，他的年龄最大，大概60岁出头。当时，我担心他不懂电子产品，可能会出现保管不当的问题。但是，我每次去他家里聊天的时候，他都非常高兴地给我演示音响的各种功能，而且还告诉我，他会定期给音响充电，定期播放U盘里的音乐，以确保设备和U盘正常使用。每当他专注地给我讲解这些事情的时候，他的老伴都会在一旁露出会心的微笑。这笑容里，包含着崇拜，包含着敬仰，包含着骄傲，更包含着幸福。她的笑容，一直被记在我的心里，也温暖着我的心。

我一直很庆幸，遇到了一个想干事、能干事、会干事的团队。正是因为他们，一切工作才会如此顺利，没有困难，只有幸福的回忆。

誓师宴

按照省委组织部的安排，第一书记到村任职前先在临沂大学培训一周，然后再去华东革命烈士陵园举行隆重的誓师大会。

誓师大会给我留下了深刻的印象。首先，向革命烈士敬献花篮、默哀；其次，签名承诺：志愿到贫困村担任第一书记；第三，集体宣誓：坚决贯彻中央、省委决策部署，坚定理想信念，牢记党的宗旨，传承优良作风，勤奋为民务实，忠诚干净担当，不忘初心、艰苦奋斗，全力打赢脱贫攻坚战，为提前全面建成小康社会做出新的贡献。

时至今日，我依然记得那振奋人心的时刻，大家精神饱满、斗志昂扬，

为核桃峪村修建的蓄水池

随时做好冲锋到脱贫攻坚前线的准备。这一切，都深深地记在我的脑海里，也一直激励着我不断努力。

生活需要仪式感，工作也是一样。

我一直在思考，是不是需要给殡葬改革搞一场启动仪式，鼓舞一下团队士气，提振大家的信心。

我把想法告诉了陈庆亮书记，并得到了他的充分认可。一方面，算是宣告核桃峪村殡葬改革工作正式启动；另一方面，村里的老少爷们也好久没有热闹热闹了，正好借这个机会把大家聚起来，拉拉呱、鼓鼓劲。

我们两人观点统一之后，又征求了其他村干部的意见和建议，大家都比较认可这个想法，然后一起商定了仪式内容：邀请红白理事会、治丧委员会成员及群众代表一起召开核桃峪村殡葬改革启动大会，会后大家一起聚餐，也算是殡葬改革战役的“誓师宴”。

说是聚餐，其实很“简单粗暴”，但好像没有比这更能凝聚人心的方式了。我粗略地算了一下，开会及聚餐大概是 30 人左右，如果在村里找个小饭店解决，大概 3 桌就能安排下所有人。以每桌 400 元标准计算，大概也就是 1200 元左右，我自己可以承担这个费用。花钱是小事，但就怕在群众之中产生不好的影响。我们自己花钱吃饭，也可能被群众质疑是公款消费。另外，殡葬改革还没开始，就先搞这么大的动静，自己心里也不踏实。

我把顾虑告诉了陈书记，经过商议，我们对原方案进行了微调：第一，动员会改为茶话会的形式，准备些瓜子、糖果，大家边玩边聊，活跃会议氛围；第二，外出聚餐改为村委办公室便餐，准备些花生、火腿等快餐，简单配上烟酒，大家举杯同饮，也算是达到誓师宴的目的了。

一切准备就绪，我们定好了日子，通知了相关人员，召开动员会，举办誓师宴。

动员大会进行得很顺利，效果也很好。这次会议没有以往会议的严肃，大家有说有笑，一边喝着茶，一边嗑着瓜子，一边交流着殡葬改革的工作想法。我和陈书记把前期准备工作向大家做了汇报说明，也谈到了对未来工作的几点想法。同时，把殡葬改革的简化标准和治丧委员会、红白理事会成员名单对大家公布。更重要的是，向大家郑重宣布，核桃峪村殡葬改革工作正式启动。

此前，已经将当天会议的主题透露给参会人员，所以大家对这个决定没有感到意外，更多的是充满了期待。当宣布正式启动殡葬改革后，现场没有电视剧里持续不断的掌声，有的只是大家会心的微笑。这一刻，微笑就是肯定，微笑就是支持。父老乡亲们都很朴实、内敛和含蓄，即便大家心里非常支持你，也不会轻易通过言语的方式来表达，更多的是通过面部表情和实际行动给予支持，这也是父老乡亲们可爱、可亲的一面。

当天，大家最期待的不是动员会，而是动员会后的誓师宴。说实话，我先后担任了两个村子的第一书记，面对的一个共同问题就是村里缺少生气和活力。除了“三八六一九九部队”的人员结构因素外，还有一个重要原因——缺少张罗事的人。所以，借着今天殡葬改革的话题，我们组织一次小型的聚会，聚聚人气，热闹一下。

会后，几个年轻人去村子周边的小卖铺买了火腿、扒鸡、花生米等速食，又买了几瓶白酒助助兴。这期间，有几个村干部、党员代表偷偷地回家了。起初，我以为他们有事不参加聚会了，但过了一会儿他们不但回来了，还带着东西回来了，煎饼、腌辣椒、热菜等等。那一刻，我的心里百感交集。战争年代，老区人民用小米煎饼支援前线；和平时期，父老乡亲用白面煎饼支持党的干部。一张煎饼，跨越了几十年，始终见证着党同人民群众的血肉联系。那一刻，我的眼睛湿润了，心里暖暖的、满满的。

誓师宴很简单，几个清口的凉菜、几瓶简易的白酒，但那一天，大家都很高兴，吃得高兴，喝得高兴，聊得更高兴。我用茶水向大家一一敬酒，一起回忆并肩奋战的日子，一起畅想着未来美好的生活。这一刻，没有感谢，没有祝福，没有客套，因为此时所有的言语都是苍白的。父老乡亲认老理，只要你给大家做实事，比说任何好听的话都管用。那一天，大家为聚会高兴，为村里的活力高兴，为未来的发展高兴。

饭后，大家都开心地回家了，我也回到了宿舍，但是心情一直无法平静。殡葬改革的号角已经吹响了，父老乡亲也对村委充满了期待，这场战役必须尽快启动，而且必须保证成功！

死亡名单

本不想提及此事，因为谁也不希望生前就被划入这个范围。于我而言，也觉得欠妥，甚至是对老人的一种不尊重。但这个环节，对于稳妥推进殡葬改革发挥了非常重要的作用，而且村干部也付出了巨大的努力和心血。所以，考虑再三后还是决定把这个故事写下来。

成功总是留给有准备的人，而我们希望尽量准备得更加充分一些。任何一个环节，任何一个细节，都要充分考虑，周到准备。

殡葬改革用品，只要花钱就能解决。但是，如何让群众，特别是殡葬改革的第一户积极配合改革工作，可不仅仅是钱就能解决的问题。因为在丧葬这个事上，“面子比命更重要”，绝不能简简单单地用金钱来衡量。所以，在处理这个问题上，首先考虑的是如何让丧主及家人觉得面子上过得去；其次，才是考虑经济方面的补偿，也算是对改革先锋的一种褒奖；再次，就是用制度来规范。这个办法有点生硬，所以放在最后备用。而在这个过程当中，“感情”是第一张牌，也是做好群众工作、稳妥推动殡葬改革的“王牌”。

基层工作，与群众直接接触，既需要规章制度，也需要干群“感情”。很多时候，工作中夹带着感情，才能顺利地推进工作。而对殡葬改革这样的棘手问题，我认为感情应该放在第一位，只有让群众看到我们的真心和真情，群众才会给予我们充分的理解和信任。

为了提高工作效率，就要确保感情“投放”的精准度，正所谓有的放矢。而现在，“矢”有了，急需“的”。

我把这个思路告诉了陈书记，得到了他的认可。因为殡葬改革已经拉弓上弦，大家没有退路了。我们商量着尽快明确范围，提前开展“公关”工作。稳妥起见，我们找了个别党员、村干部等进行沟通，又找了部分群众侧面了解情况，汇总了一份核桃峪村病危人员名单。经过大家的分析判断，最终形成了一份只有五个病危人员的名单。

核桃峪村人居环境

在我心里，这是一份“死亡名单”。

如果群众知道家里老人进了这个名单，肯定会有意见的，甚至会将不满情绪转变为抵制殡葬改革和村里各项工作的实际行动。所以，这个名单一直处于绝密状态。

有了“的”，有了“矢”，剩下的就是“放”的过程了。

对于一个正常的人来说，到群众家中走访可能没有什么难度。但是，当时陈书记脚踝骨折尚未痊愈，走路还需单拐，在山村中走访慰问，难度可想而知。当时，我看在眼里，疼在心上。

除了承受身体上的病痛，陈书记还承担了走访的费用。每次走访，陈书记都要自掏腰包买上牛奶、点心等礼品，让群众感受到我们的真诚。虽然每次花费不多，但毕竟是自己掏钱，我给他钱也被拒绝。所以，心里对他一直存有愧疚，同时，也让我更加敬佩他的奉献精神，敬佩他的胸怀大局。

陈书记是村里的老书记，威信高，能力强，整个走访活动以他为主，我偶尔也会陪同，事后再一起总结分析。每次走访完回到村委的时候，陈书记总是很平静地说“走访很顺利”“基本上都同意了”“没什么太大问题”等等。我能想到，这过程中他肯定受了不少难为和委屈，只是他自己一个人都扛起来了。殡葬改革的几个重点和难点环节，陈书记始终冲在前沿，不管什么样的难题，他都能顺利地化解；不管过程多艰难，他从来不抱怨一句。两年时间，我在他身上看到了很多优秀的品质，也一直默默地向他学习着。

在陈书记的不懈努力下，对于五户“重点对象”均提前做了走访，而且得到了较为满意的结果。村里开展殡葬改革后，我们基本上没有遇到太多的阻力，这要归功于村干部的团结一致，归功于广大群众的大力支持，也要归功于提前对“重点人群”走访等工作。

除了做好“感情投资”，我们还做了“面子工程”。这个环节上，我及时向马庄镇主要领导汇报，希望在出殡时安排有关同志一起去丧主家吊唁。马庄镇时任党委书记臧德厚非常支持殡葬改革，委托核桃园工作区陈忠伟书记和我一起去丧主家吊唁。马庄镇先后几任主要领导，孙永丽书记、王雷书记、杨茂学书记都给予了大力支持，为殡葬改革持续推进提供了强力支撑。

每次想起这个名单，陈书记拄拐走山路、到群众家中做思想工作、在村委商定名单的画面都会浮现在我的脑海里。他的敬业精神、担当精神、奉献精神，一直感动着我，激励着我……

临时生变

第一户能否顺利执行殡葬简化标准，在某种程度上决定了殡葬改革的成败，这是我与陈庆亮书记的共识。所以，我们统一思想，顶住压力，无论面对多大困难，无论采取什么措施，都要保证第一户严格落实改革措施。

前期，我们召开了村民代表大会研究殡葬改革，自然村负责人也对改革政策进行了宣传，村里还制作了横幅和墙绘。总之，绝大多数群众已经知道了殡葬改革工作。临近改革之际，我们也明确了改革的“重点对象”，并与家属积极沟通，得到了大家的理解和支持。

有一天，村里陈大爷的子女突然找我聊天。他们肯定殡葬改革工作，而且全家都支持改革，但是，不希望当殡葬改革的第一户。说白了，就是不想让这项工作从自己家开始。

凝聚干部共识

原来，陈大爷的子女已经意识到老人快撑不住了，他们家极有可能成为殡葬改革的第一户。思来想去，决定来和我沟通一下这个问题。

其实，他们走进门的那一刻，我心里就有一种“不祥”的预感，当他们开始表态支持殡葬改革工作，甚至表扬村里工作的时候，这种“不祥”的预感就更加强烈了。特别是出现“但是”两字时，我意识到终于该切入正题了。

他们表示，如果殡葬改革从他们家开始，会让邻居笑话他们不孝顺老人，是为了省钱才简化程序的。而且他们还担心其他亲属有意见，假若在葬礼现场发生争执，不光会闹笑话，还会影响家族和睦。同时他们也表示，如果其他人开了头，他们则毫不犹豫地按简化标准办丧事。

听完他们的解释，我也耐心劝导，介绍了我们殡葬改革的配套措施，比如，乡镇干部和第一书记到家里吊唁、给予一定额度的资金奖励、在评优推荐等工作中享有优先权等等。可人家根本就听不进去，此行的目的非常明确，就是希望从他们之后推行殡葬改革，他们不想成为殡葬改革的第一户。

殡葬改革启动后，村里好长时间没有人去世。我在村里走访时，有人调侃说:“金书记要搞殡葬改革，吓得人都不敢死了。”我也开玩笑地应和着:“大家都好好地活着才好呢！”

我不是盼着有人去世，而是担心间隔太久，可能消磨了广大党员干部的斗志，也可能动摇了群众的信心。只要简化政策不落地，任何表态都没有实际意义。

这期间，陈大爷的子女又先后找过我几次，也通过电话交流想法。同时，他们也去做陈书记的工作。幸好我和陈书记态度坚决，丝毫不让步。同时，我们继续做大家的思想工作，希望能够得到群众的理解和支持。毕竟，早晚都会出现第一户，张三不想成为第一户，李四也不想成为第一户，这样推诿下去这项改革还能开始吗?

一天，陈大爷病情加重，眼看就要不行了，其子女还是没有完全同意执行殡葬简化政策。通过走访，我们了解到，他们家属觉悟比较高，沟通过程一直比较顺畅，至少还没有到完全不可能的地步。我和陈书记把握好对方的心理，顶住各方压力，坚守底线，决不松口。

就在大家都以为陈大爷将成为殡葬改革的第一户时，却发生了意外的一幕：另一个自然村的武大爷病情突然加重，“抢”在了陈大爷前面。这一下，焦点瞬间转移到了武大爷一家，此时，我心里也紧张起来了，感觉众多的眼睛在盯着村干部和我这个“挑事”的第一书记。

面对突发情况，我和陈书记统一思想，强调工作纪律。万事开头难，但只要坚定信心，团结一致，顶住压力，无论多大的风暴都能扛过去。过了这一关，后面将是一马平川；过不了这一关，我们的工作将前功尽弃。该来的总会来，该面对的总要面对，只不过是第一户从陈大爷家变成了武大爷家，对我们而言，都要以一样的心态去应对和准备。

当你下决心做一件事时，你的眼睛里只有目标，没有困难。开弓没有回头箭，在殡葬改革这件事上，我们没有退路，也不可能有退路。不管是陈大爷，还是武大爷，我们的目标就是立足当下，使殡葬改革迈出坚实的一步。

遇困“第一户”

武大爷的突然去世，让我们的工作中心立马发生了转移，幸好之前已经做了一些走访慰问工作，总体准备还算充分，家属也积极配合。

按照当地的风俗，村里谁家有人去世，都会第一时间通知村干部和“执客”，然后大家一起帮忙处理后事。

陈庆亮书记得到消息后，高度重视，并再次与村干部、党员统一思想，强调纪律，坚守底线，严格落实“十项标准”。同时，立马安排治丧委员会和红白理事会成员到丧主家，一面帮家属料理后事，一面监督落实简化措施。

武大爷去世的当天，我正巧要赶回济南参加单位的一个重要会议。在回济南的路上，我接到了陈书记的电话。当时心里特别着急，也特别为难。如果返回村里，就会耽误单位的工作；如果赶回济南，就无法全程见证第一次殡葬简化改革过程。经过与陈书记沟通，他先安排着武大爷的后事，等我把单位的工作处理完之后，第二天一早赶回村里。

陈书记考虑问题很周到，做事也非常沉稳，他一直在武大爷家陪着家属，随时观察着家属的思想动态和现场工作。其间，陈书记也会不时地给我打电话，告诉我现场进展情况。我十分相信陈书记的工作能力和威望，要是别的事根本不需要通电话，只是殡葬改革一事比较敏感，而且是改革后的第一户人家，心里难免有些担心和顾虑。

其实陈书记心里也非常担心，他只是凭借多年的工作经验，有较大把握把这件事顺利推动，所以不想再把压力传导到更多人身上。因此，每次通电话，陈书记总是轻描淡写，甚至报喜不报忧，让我安心处理单位的事。

听了陈书记的话，我心里踏实了许多，心想即便有点问题，陈书记也完全应对得了。如果有什么大的问题，我明天一早赶到村里后，再和陈书记一起商量着处理。

大约晚上 11 点，我还没到家就又接到了陈书记的电话：家属突然反悔，要求用木棺给老人下葬。

陈书记说，武大爷的子女原本同意按照殡葬改革的要求办理丧事，但是随着众多亲友过来吊唁后，有人便提出了一些想法和意见，其中有的亲友虽然支持殡葬改革，支持简化丧葬仪程，但是要求保留木棺，认为这既是传统风俗，也是对逝者的尊重。

突如其来的变化让大家非常紧张，如果继续僵持下去双方都将难以收场。无奈之下，陈书记打电话征求我的意见。在这个节骨眼上，是绝不允许大家有丝毫动摇的。我努力抑制住内心的焦躁与不安，耐心地与陈书记沟通，表示无论用什么办法都要确保严格执行简化政策。

取消木棺

那一夜，我虽然人在济南，但心里想的都是村里殡葬改革的事，担心葬礼现场会发生不愉快的事情，几乎一整夜都没有入睡。

那一夜，陈书记的压力一定比我还大。他连夜给武大爷的子女打电话做工作，苦口婆心地解释劝说。但是武大爷的子女也是一肚子“委屈”：偏偏我们家摊上第一户！家里这么多亲戚，大家坐下来一合计，觉得简办丧事亏待了老人，担心被街坊邻居看笑话。再说，兄弟几个“混得”都不错，谁家也不差这点钱，给老人买一套像样的木棺，尽一份孝心也是人之常情。

电话做不通工作，陈书记思考再三，决定半夜去丧主家。一位60岁的老书记，腿部骨折尚未痊愈，凌晨2点，拄着拐杖走在崎岖的山路上。每当想起此事，我的脑海里总会浮现出这个画面，心里充满着愧疚。如果我不到核桃峪村担任第一书记，如果我不在村里推动殡葬改革，陈书记也不会遭这个罪了。

陈书记后来跟我说，他的半夜登门和耐心沟通最终感动了对方。这个时候他看到了希望，就更不敢松懈了，一整夜都在对方家盯着，生怕自己一回家，形势又发生变化。

为了确保万无一失，陈庆亮书记又召集村里的党员干部，召开了一次“特殊的党员大会”，以实际行动向大家表明我们“敢于啃硬骨头，敢于涉险滩，敢于向千百年传下来的旧风俗开刀”的坚定决心。

特殊的党员大会

我之所以要把发生在丧葬改革第一户人家的这件事单独写出来，是因为核桃峪村的党员、干部让我非常感动，这个团队让我非常敬佩。我把它单独写出来，作为对这个团队的致敬和感谢。

陈庆亮书记在武大爷家里待了大半夜，总体效果非常好，家属的情绪明显缓和，这让大家又再次看到了希望。在这个形势下，陈书记已经预感到了未来的结果——只要我们适当施压，家属最终会配合殡葬改革。但是，只要葬礼不完全结束，谁也不敢打保票。临近天亮时，陈书记心里又有了新的顾虑：如果天亮后，家属再次反悔，自己一个人根本无法控制局面。

为防止意外，陈书记天亮前给各自然村负责人打电话，要求全体党员清晨5：30分在逝者家门口集合，召开党员大会。

在城市长大的人可能想象不到，在山村召开一次党员大会有多难。以核桃峪村为例，留守老党员零散分布在8000余亩地的3个自然村，要集中到某户人家的难度可想而知。

我曾对核桃峪村党员情况进行过统计分析：全村党员共52人，其中，男性50人，女性2人；60岁以上党员28人，占54%，40岁以下党员8人，占15%；流动党员24人，占比46%，其中，9人常年在外。

从这个数据可以看出，60岁以上的党员占了一大半。每次村里召开党员大会，我的脑海里都会出现这样的画面：一群60多岁的老人，从核桃峪村的各个角落，或搭乘三轮车，或步履蹒跚，来到村委办公室。另外，我最担心的不是大家以何种方式到村委，而是安全问题。核桃峪村是典型的山村，道路崎岖不平，有的地方坡度特别大，有的地方转弯特别急，三轮车在这种路上跑起来非常危险。我曾听说过，多年前有人骑三轮车跌入山沟，发生了严重的安全事故。

这次党员大会定在清晨5：30分，这个时间，大多数人还处于睡梦中。而这些老党员需要提前起床收拾，准时赶到开会的地点。会议的目的很明确，就是要求大家统一思想，

村里党员接受采访

坚守底线，坚决把殡葬简化措施落地做实。

按照我们的规定，如果家属不配合殡葬改革工作，治丧委员会、红白理事会成员及党员不能给丧主家帮忙。在农村，如果少了村干部和“执客”，丧葬仪式是没法举行的。如果自己家里办葬礼，既不符合传统习俗，这家人也将颜面扫地。

或许被党员干部的诚意打动，或许理解了殡葬改革的意义，抑或是迫于当时的形势压力，家属最终严格执行了新的丧事标准。第二天一早，我赶回了村里，邀请核桃园管理区陈忠伟书记一起到武大爷家吊唁。葬礼简单而隆重，得到了父老乡亲的一致认可。

其实，在从济南赶回村里的路上，我心里一直挂着殡葬改革的事情。考虑到当时面临的形势，担忧即便家属同意执行简化标准，在具体执行过程中，会不会遭遇亲友的阻挠？如果遭到阻挠，该如何处理？如果处理不当，不仅大家现场难堪，甚至可能决定殡葬改革的成败与否。

为了稳妥起见，我在返回村里的路上，及时向管理区派出所求助。派出所对我们的工作高度重视，安排一辆巡逻车刻意“路过”核桃峪村，无形之中也给蓄意“闹事”的个别群众施加了压力，保障了殡葬改革的稳妥推进。

另外，在后来的一场丧葬仪式中，有家属声称以上吊自杀的方式威胁我们，拒绝配合殡葬改革工作。根据当时的形势和对当事人性格的分析，我们表示要打 110 报警来处理此事。闹事的人听说我们要报警，立刻就认怂了。

回忆当初我们的殡葬改革之所以能够顺利推进，除了村干部、党员的团结一致，以及群众的大力支持，还要感谢各方面朋友给予的关心和帮助。

虽然我们在推进殡葬改革中，落实第一场丧事简化工作遇到了很多困难，但好在大家团结一致，有惊无险地过了这一关。同时，也为我们今后顺利推动殡葬改革打下了坚实的基础。特别是第二天陈大爷去世后，他的子女没有再提任何要求，而是严格按照殡葬简化标准，顺利办完了老人的后事。

半日陪灵

俗话说，前有车后有辙。原本以为殡葬改革蹚开了路子，后面就可以按部就班地推进了。但是，现实告诉我们，改革是没有一帆风顺的，一定是在曲折中前进。作为旁观者，大家只看到了表面的风平浪静；作为参与者，我们却经历了背后的暗流涌动。

武大爷和陈大爷去世后，按照新的简化标准办理了丧事，改革成效得到了大家的一致认可和普遍好评。之后的很长一段时间，我都不用再参与具体的执行过程了，治丧委员会和红白理事会将各项工作处理得有条不紊。正是基于这种状况，我自认为殡葬改革已经打下了坚实的基础。正当我享受改革成果时，问题却突然出现了，也给我敲响了警钟。

一天下午，我正在村里走访，突然接到村干部的电话，说是村里有老人去世了，家属不配合殡葬改革工作，要求按照老风俗办葬礼。村干部表示，丧主家属中有机关干部，村里不敢得罪，所以希望我出面协调。

乍听到这个消息，我也非常生气。但是仔细一想，有很多疑点。印象中，机关干部的政治敏锐性普遍较强，素质也比较高，一般不会和眼前的大势过不去。另外，殡葬改革在村里推行得很顺利，也得到了大家的普遍认可，按说这个时候不该再有障碍了。

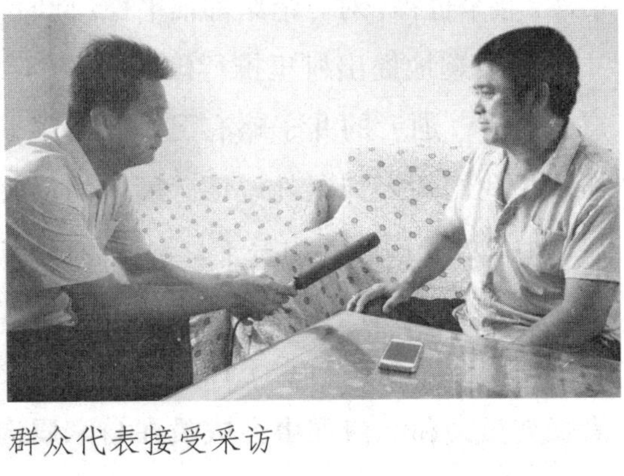

群众代表接受采访

既然村干部将此事告知

我，我就得出面协调，这样既是给村干部面子，也是为稳妥解决问题，更是为殡葬改革积累经验。

在去丧主家的路上，我头脑里飞快地思考了几个问题：1. 家属究竟是因为什么原因反对殡葬改革？我要提前分析查找原因，并准备好相应的应对办法。2. 丧主家属是什么级别的干部？如果是非常霸道的性格该如何处理？3. 如果家属坚持按老风俗办葬礼，该用什么办法妥善处理？除了这几个问题，首要任务是先要安抚家属和村干部的情绪。

等我赶到丧主家时，治丧委员会和红白理事会的几个成员已经在门口等着我了。大家脸上的表情相对比较平和，没有想象中的那么紧张严肃，因此我的心里也就踏实了一些。

在大家的引领下，我来到了丧主家的正屋，首先映入眼帘的就是停放在正屋中间的老人遗体。逝者寿衣已经穿好，四五位家属坐在正屋守灵。

进屋后，家属赶紧起身和我打招呼。我快速地环顾四周，根据衣着和仪态，基本能判断出谁是直系子女、谁是亲戚，当然更重要的是那位机关干部。

经过简单的交流，我感觉家属情绪比较稳定。我与逝者儿子交流的时候，大家都在静静地听着。众人之中，那位机关干部一直没有插话。看面相，他应该是一位厚道、本分、严谨的人。综合现场各种因素，实际情况要比我在路上想象得好多了，心理压力也就没那么大了。

一开始，我简单地了解了一下老人和家里的情况，并未涉及相对深入的话题。整个过程，对方情绪都很平稳。此时，我觉得可以深入交流一些问题了。

我委婉地提出村里推行殡葬改革的事情，想试探一下他们的态度和观点。这时，逝者的儿子略有沉默，看了一眼旁边的“机关干部”，并用眼神示意我们两人到屋外说话。屋内的治丧委员会和红白理事会成员见状，知趣地离开正屋，走出院子，聚在门口一边聊天，一边等我。

在确定周围没人后，逝者的儿子情绪比刚才略微有些激动。他说，他们一家都非常支持村委工作，支持第一书记工作，更支持殡葬改革。但是治丧委员会和红白理事会成员在与家属沟通的过程中，态度生硬，甚至有些霸道，家属难以接受。前来吊唁的亲戚也看不下去了，所以大家才赌气不配合工作。“机关干部”一边安慰他，一边重复着他的意思。

到这里，我就明白了矛盾的焦点：赌气。

找准了问题，就容易对症下药了。我首先代表村里向家属表示歉意，工作人员可能因为着急，有时候说话不注意，导致双方产生了误会，希望大家理解和包容。其次，我表示会马上与工作人员沟通，大家一起和和气气地料理老人后事。最后，我表示下午会留在他家里一起“陪着”老人。

随后，家属非常痛快地表示完全按照简化标准办理丧事。问题处理好了，我和家属回到正屋；再次来到老人遗体面前，发现老人的寿衣有些褶皱，我用双手帮老人抻了一下肩部，让寿衣更加舒展一些。虽然当时心里有一些害怕，但是我相信这个举动一定会被家属看在眼里。试想，一个外人愿意为自家去世的老人整理寿衣，家属心里一定会很温暖的。

经过一个下午的相处，大家多了一份理解和信任。但是，这件事也给我们提了个醒，殡葬改革不会一蹴而就，或许后面还会遇到各种各样的问题，需要在总结经验的同时，做好迎接新挑战的准备。

威胁短信

2015 年 11 月 15 日，中央电视台《新闻联播》播出了“一个村里的俩书记”，用时 5 分 17 秒，专题报道了核桃峪村殡葬改革等工作。一时间，核桃峪村被推上了舆论高峰。

报道介绍了第一书记的值班制度，值班表上公示了我的手机号。新闻播出后的一段时间，我的手机几乎成了热线电话，有领导同事的关心，有亲朋好友的祝贺，也有热心观众的交流等等，一时间忙得不亦乐乎。

当我还沉浸在喜悦中时，一条突如其来的短信让我瞬间冷静下来。具体哪一天我已经记不清了，短信的内容也记不清了，但是大体意思却深深地印在了我心上。大意是说，我在村里开展的殡葬改革断了对方的财路，而对方自称是一个“精神病”患者，随时可能做出对我不利的事来，让我小心点。

刚收到短信时，我有些吃惊。推动殡葬改革是为了减轻群众负担，虽然也考虑过会有各方面的阻力，却没想到会引起如此过激的反应。

回顾殡葬改革以来接触的一些人和事，大体能推断出是谁发的短信。再通过对其性格和短信内容进行分析，知道他的主要目的是吓唬我。所以，当时也未太在意。

我曾打算一直保留着这条短信，将其作为对日常工作的一种提醒。但是后来转念一想，万一不小心被老婆或者父母看到，只会更加让他们担心和挂念。所以，在保留了一段时间之后就把短信删除了。

我曾简单分析过，全县因为推广核桃峪村殡葬改革的做法，或许会使好多行业被淘汰，好多人也面临失业。一个早先认识的费县朋友曾投资购买了汽车、桌椅板凳、锅碗瓢盆，也加入了流动宴席行业。可刚经营不久，就遇上了殡葬改革。有一次，我俩在路上相遇，他的脸上挂着无奈，也夹杂着一丝怨意。

在农村，好多人是靠“白事”生存的。具体来说，纸牛纸马、流动宴席、吹鼓手、木棺等都是葬礼花销的大头，但也是很多家庭的主要收入来源。有些行业，更是世代传承。以吹鼓手为例，祖上一代一代传下来，子孙后代掌握了这门技艺，就靠这一行吃饭，如果这一行业被淘汰，生活可能一下就陷

学习殡葬改革经验材料

入困境。所以，一小撮别有用心的吹鼓手利用媒体造势，以殡葬改革破坏传统文化为由给我们施加压力。好在各级党委政府顶住了压力，积极应对，看破了他们的别有用心，给我们撑腰鼓劲，确保了殡葬改革的顺利推进，也进一步坚定了我们深化改革的决心和信心。

本来不想提及此事，主要怕因此而影响到费县人民淳朴、善良、厚道的良好形象。但转念一想，这样的人毕竟是极个别的，不会影响大局。另外，把这件事记录下来，也能让大家了解第一书记工作真实的一面。第一书记不光有“上电视登报纸的风光”，背后也有很多不为人知的辛苦和心酸。

有时候回想此事，我会用一句话来概括：你断我财路，我断你生路。想来也是，如果换位思考，我们会如何处理此事？且不说利益被阻断，仅仅是殡葬改革，如果发生在自己身上，我们是否会积极配合？

2016 年和 2018 年，我的爷爷奶奶相继去世，当时心里无比难受。老人病危之际，明知挽救生命的概率近乎为零，但还是想尽一切办法延长老人的生命。自己心里一直感觉有亏欠，总觉得老人在世的时候自己没有多陪陪他们，没有让他们生前过上更好的生活。正所谓，子欲孝而亲不待吧。

生前没有过上好生活，去世了总得体面地离开吧。我想，多数人在老人去世时都是这么考虑的。虽然心里很清楚，葬礼再隆重，老人都感觉不到了，但家属心里可能会欣慰一些，也算是感情的一种弥补。这是我当时心里的真实想法。

爷爷奶奶去世的时候，我曾在心里问过自己：如果我们村里来了一位陌生的第一书记，要求我们家作为殡葬改革的带头人，我是否能够痛快地答应呢？

感情面前尚且如此，利益当头又怎能轻易让步呢？

所以，再回想那条威胁短信，我完全理解对方的心情。感情再深，过一段时间心情总能平复；财路被断，心中的怨恨可能会随着生活压力的增大而与日俱增。

一条威胁短信，没有改变我对费县人民的良好印象，反而因为这段生活和工作经历，使我对费县父老乡亲更增添了几分尊敬和感谢。正是因为他们的无私奉献，鼎力支持，才使我们的工作能如此顺利。

老书记翻脸不认亲

核桃峪村殡葬改革取得了阶段性的胜利，也得到了当地干部群众的普遍认可。在各项工作逐步规范的时候，个别人仍然抱有“特权”思想，全然不顾公平与大局。

木棺，被视为对老人最后的尽孝，在整个丧葬环节中分量最重。虽然殡葬改革已经开了好头，但仍有群众私下里试探性地询问，能否“关照一下”，给老人留口木棺。对于这个问题，无论领导干部，还是普通村民，都被明确拒绝。也曾有人当着村里干部的面冷嘲热讽地说：“这是要翻天了！”这样的话让人听了心里极不舒服，但还要耐心地解释：这不是“翻天”，是要“晴天”了，这就是以后的规矩，无论对谁都一样。

陈庆亮书记的本家兄弟去世后，家属仗着和书记一个家族的关系，想给老人留口木棺。陈书记知道后，严厉地批评了他们，并表示，殡葬改革是村里的决定，对每个人的要求都是一样的，不能因为是村干部的亲戚就开口子，这对其他人是不公平的。作为村干部的亲戚，更应该做出表率，带头支持改革。

陈庆亮书记接受采访

逝者的子女，也就是陈书记的侄子和侄女，虽然被批评教育了一通，但是仍然不甘心。一天晚上，他们带着烟酒到陈书记家里做工作，希望看在本家的面子上，偷偷地给老人留口木棺，算是让子女尽一份孝心。无论子女怎么求情，陈书记坚持不松口，坚持一视同仁。最后，陈书记连人带东西将他们一起推出了家门。

连续两次被拒绝后，大家都以为兄妹二人会知难而退。但出乎大家的意料，他们仍然没有放弃保留木棺的念头，反而采取了更激进的办法“逼宫”。

一天，村委正在开会，兄妹二人突然闯进办公室，当着众人的面，扑通一声就跪下了，恳请陈书记能够破例一次。突然发生的一幕让大家十分吃惊。陈书记丝毫不留情面，拍着桌子将他们训斥一顿，并明确表示：“今天就是不认这门亲，也决不会开口子，决不让你们坏了规矩！”

兄妹二人一直跪在地上，一把鼻涕一把泪地诉苦，说老人拉扯他们兄弟姊妹长大不容易，生前也没享到什么福，去世了用口木棺也不为过，希望村委能体谅他们的心情，让子女尽份孝心，不要留下一辈子的遗憾。

村干部看到这个情况，也都过来安抚兄妹二人：村里推动殡葬改革是为了减轻大家的经济负担，为了大家的利益着想，全村群众一视同仁，任何人都不能搞特殊；孝敬老人，要在生前孝敬，无论现在花多少钱，买多少东西，老人都享用不到了，殡葬改革的目的也是引导大家生前尽孝。

前期已经按照新的标准举行了多次葬礼，村干部也积累了较为丰富的工作经验，在做群众工作方面掌握了很多好的办法和技巧。虽然事发突然，但大家并未慌张，仍坚持好原则和底线，共同做好安抚工作，并迅速将兄妹二人送回家。

陈书记铁面无私，村干部团结一致，兄妹二人最后还是按照简化要求办理了老人的后事。

陈书记后来跟我讲，侄子侄女一家好长时间都不理他，但是他并不后悔。他认为在原则问题上，宁肯“得罪”一家人，也不能“得罪”全村人，否则就是对全村群众的不公平。再后来，侄子侄女一家也慢慢醒悟过来，主动上门找陈书记认错道歉，两家又恢复了往日的良好关系。

兄妹二人之所以不敢私下找人办理老人后事，正是因为当时我们制定了严格的规章制度：不按照简化标准执行的葬礼，村里治丧委员会、红白理事会以及党员干部不允许去帮忙，由丧主家自行料理后事。同时，对于不按照村里统一要求行动的党员干部，在年底总结时，将会给予相应的处分。我们就是通过这个办法，倒逼家属落实殡葬简化措施的。

工作中，特别是涉及原则性问题的事情，必须一把尺子量到底，公平对待每一个人。这三年我的体会是，农村工作有三个法宝：心诚、尊重和公平。

夫妻床头悄悄话

农村的殡葬改革，表面上是我和陈庆亮书记在牵头推动，但背后还有村“两委”干部、党员和父老乡亲们的鼎力相助。此外，有一个人必须要单独感谢，她就是陈书记家大嫂。

这个故事我也是后来无意中听到的，是陈书记在接受山东电视台采访时，不经意间讲出了这段两人之间的悄悄话，我默默地记在了心里。

一天晚上，陈书记躺在床上正琢磨殡葬改革的事情，旁边的大嫂看出了陈书记的为难，就在一旁小声地提醒：“你再劝劝金书记，你俩别搞这事了，老祖宗留下来的规矩，哪有这么好改啊。再说了，群众自己愿意出钱，咱干嘛去干这个‘得罪人’的事？特别是金书记，刚到村里就捣鼓这个事，一旦弄不好，伤了大家的和气不说，以后他怎么开展工作啊？另外，金书记两年以后就回济南了，烂摊子最终还不是由村委收拾，你说以后村里工作怎么开展？”

大嫂说得非常在理，这些问题和困难我也曾经考虑过。殡葬改革，谁都知道难度非常大，是一块难啃的硬骨头，甚至是农村工作的一块禁地。

殡葬改革工作改编成微电影

虽然我用太阳能路灯调动了陈书记的工作积极性，但困难却要一个一个地面对、问题要一个一个地克服，甚至存在翻脸、吵架、失败的风险。一旦失败，确实难以收场。

我之所以下决心要推动殡葬改革，而且有信心实现目标，主要有三个原因：一是攀比之风愈演愈烈，再不及时制止，群众的经济负担会越来越重；二是入户走访过程中我了解到，绝大多数群众都支持殡葬改革，民意是我们前进的方向，是我们工作的动力，更是我们胜利的保障；三是费县良好的民风，也坚定了我们改革的信心。我相信，只要是从群众利益出发，真心实意为群众做实事做好事，即便工作中出现一点小瑕疵，父老乡亲也会理解我们、包容我们的。

我虽然到核桃峪村时间不长，但我已经在费县工作生活一年多时间了。我被费县人民的淳朴、善良和热情感动着，对费县人民的素质和觉悟也是有充足信心的。一个外来的省直机关干部，如果不是满怀一心为父老乡亲着想，不是怀揣一腔为民情怀的话，绝对不会顶着巨大的压力、冒着巨大的风险，劳心费力地触碰这种事。我不敢保证这件事能百分之百成功，但我保证自己会百分之百地尽心去做。

在对第一书记的工作考核中，有众多的细分项目，但不包括殡葬改革。所以，我在殡葬改革这件事上并没有其他杂念，只希望能减轻群众负担，净化社会风气。坚持啃下这块硬骨头，既要顶着巨大压力，还要冒着一定风险。即便成功，也不一定获得任何奖励；一旦失败，可能就会招致非议。我从没想过宣传报道，也从未奢望任何物质和精神的奖励，对我而言，这项工作最大的收获就是切切实实地减轻群众经济负担，并将这段宝贵的经历内化于心，在未来的人生道路中不断激励自己努力前行。

嫂子的担心实属正常，她 60 年的人生中经历了太多的事。所以，这件事情再怎么谨慎都不为过。

为了推动殡葬改革，陈书记付出了很多。他既要自己花钱买礼品走访群众，又要半夜拄拐走山路做群众工作。此外，还必须面对群众的质疑，甚至是恶意诋毁。不知道有多少个夜晚，陈书记在焦虑中失眠；也不知道有多少个日子，嫂子为陈书记担惊受怕。

这只是我知道的一小部分事情，我相信嫂子一定了解更多的背后故事，她心中一定是非常心疼陈书记的。所以，她才会在夜深人静的时候，把心里话说出来，把牵挂说出来。

在这件事上，我和陈书记是铁了心要干成的，无论嫂子怎么劝他，他都坚持己见。后来，嫂子见陈书记决心已定，也慢慢理解并支持他的工作了。

我时常想，第一书记并不是一个人在战斗，有村里党员干部的拥护，还有广大父老乡亲默默的关心和支持。要取得群众的信任，我们首先要对群众予以信任，以心交心、以心换心。

风水先生与迁坟

核桃峪村位于万亩核桃园风景区的中心，村里有千年流苏、核桃广场、特色农家乐等旅游休闲景点。景区的森林覆盖率高达 80%，被誉为“天然氧吧”，每年春季至秋季都是旅游高峰期，吸引着众多的游客前来观光旅游。

为了大力发展乡村旅游，马庄镇从 2014 年开始举办核桃节，主场地就安排在了核桃峪村的小湾自然村。

小湾自然村位于核桃峪村中心，也是核桃广场的所在地。周边绿树成荫，山泉潺潺，自然环境非常优美；休闲农家乐，特色核桃酥，更是让游客流连忘返。也许，良好的自然环境，悠闲的生活状态，正是吸引城里人的地方。

小而精致，是我对小湾村的印象。平时不忙的时候，我也喜欢在这里走走转转，看看风景、尝尝泉水、聊聊生活，非常惬意。这个自然村，具有发展乡村旅游得天独厚的优势。但是，有一处地方的设计，我一直不满意，像块石头一样堵在心里——村口的坟场。

小湾村的入村路仅有 3 米宽，两侧分别是核桃广场和村里的坟场。站在核桃广场，对面的 9 个坟头尽收眼底。本村人可能已经习惯了，但是外地来的游客见到这种情况，心里多少会不舒服。

墓地位于风景区的核心地段，又处于沿街的位置，不仅影响到游客的心情，也挤占了村里本就宝贵的耕地资源。但是考虑到先有墓地，后有旅游开发，这个责任就不能推到前人身上。如何在尊重历史和面对现实中寻找一条合适的路子，又成了摆在我们面前的一道难题。

迁坟，是最好的选择，但也是最难的办法。

俗话讲：宁拆一栋楼，不迁一座坟。这个想法一出，又把陈书记吓了一跳。我们俩都明白，这个事的难度可能要比殡葬改革还大。我曾听说过，一个 130 多万的水利项目，因为两个坟头的搬迁费用谈不拢，拖延了大半年的时间。最后，坟头没有迁走，水利项目被迫“迁走”了。

迁坟，面临着三个问题：一是往哪里迁？二是补偿问题如何解决？三

迁坟后打造的高标准农田

迁坟后修建的活动广场

是如何让群众同意迁坟？

第一个问题好确定，哪里不占耕地、不影响环境，就往哪里迁；第二个问题也不难，我们当时的经费还比较宽裕；难就难在第三个问题上，说到底，还是群众的思想工作。

为解决这个问题，我们分了两步。

首先，与群众充分沟通，取得信任。按照9个坟头的归属，我们分别去做群众的思想工作，争取大家的理解和支持。因为前期殡葬改革非常成功，得到了群众的普遍认可，所以，在迁坟这个问题的沟通中，总体比预想得顺利很多，核心问题就是补偿标准了。

9个坟头分属6个家庭，其中一户群众表现得比较积极，一再表示全力支持迁坟工作，而且不要任何补偿款。在他的带动下，其他群众也不好意思提出补偿要求了。经过沟通，家属对村委提出了几个“小”要求：一是选一块风水好的新墓地；二是承担迁坟费用；三是迁坟时放鞭炮、烧黄纸，以示对先人的尊敬。对于上述要求，我们完全理解，也全部接受。在大家的全力支持下，近乎零成本就完成了迁坟。

其次，选取新墓地，让群众满意。农村选坟地非常重视风水，核桃峪村的群众特别信任邻县的一位风水先生，而陈书记又与这位先生相识，我们便将其邀请过来。

到了村里，我们没有直接开始工作，而是先在陈书记家里摆了接风宴。“先生”见省里来的干部亲自陪同吃饭喝酒，自然感觉到了我们对这项工作的重视。吃饭期间，我们把整个迁坟的“思路”告诉了“先生”，希望得到他的支持。“先生”走南闯北，世面见多了，心里自然有数，只是略有思索，笑而未语。“先生”不语，我心中没有底，就一个劲地给“先生”敬酒，表达我们的诚意。饭前，我自己还准备了一个红包，喝酒间隙，趁着尚还清醒，悄悄地塞给了“先生”。回头，已不记得喝了多少酒，最后昏昏沉沉地被送回了宿舍。

这是我任期内唯一一次喝酒，第二天醒来胃里难受，但是心里却觉得非常值。

第二天一早，村干部就陪着风水先生来到了小湾村村口，坟头的家属也按要求赶了过来，大家一起去挑选风水宝地。起初，我担心“先生”昨天喝多了，把交代的事情给忘了。但随着“先生”步子的方向，我的心里逐渐踏实了。先生环顾一周后满意地说，这个地方非常好，前有水后有山，聚人气旺财运云云。总之，他的话大家都相信，他选的地方大家都满意。

根据大家的要求，我们在迁坟当天，燃放了鞭炮，烧了黄纸，选择吉时破土迁坟。这并非迷信，而是尊重民意，敬畏民心。

以前我感觉宣传思想工作比较务虚，很难给群众解决实际问题。但是通过殡葬改革和集中迁坟这两件事，我认为宣传思想工作非常务实，是解决根子问题最有效的方式。人的思想问题解决了，还有什么问题不能解决呢?

采访趣事

2015 年 8 月份的一个傍晚，在返回乡镇宿舍的路上，我接到了乡镇宣传委员高勇的电话。他告诉我，县电视台通知各个乡镇，要求报送基层干部作风转变的新闻素材，宣传部驻马庄镇第一书记工作组若有合适的素材，可以积极申报。

类似推选活动，我们工作中经常遇到。我在南张庄乡工作的时候，工作组就有一个很好的惯例：无论哪一个成员有好的工作经验或亮点，都要代表工作组积极申报，为工作组和派出单位增光添彩。

基于这个惯例，我及时将消息向马庄镇工作组的两位组长汇报。大家一致认为，刚到村里不足半年时间，工作仍以调研为主，暂时谈不上经验和亮点。考虑到集体荣誉，确定由我将核桃峪村殡葬改革的素材整理报送。

基层一线通常是信息传递的最末端，报送时间往往会在信息传递过程中消耗殆尽。当我们接到通知的时候，离报送截止时限只有一个晚上了。虽然申报材料字数要求不多，但我还是翻来覆去改了好几稿，直到凌晨3点才结束。第二天早上，卡着时间将殡葬改革材料呈报上去。

事后我才了解到，这次活动是中央电视台《新闻联播》栏目组委托各省电视台协助遴选新闻素材，山东电视台便通知各市电视台推选素材，各市电视台收到通知后又转发给各区、县电视台，随后，费县电视台委托各乡镇宣传委员协助做好推选工作，最后，我们接到了通知。

材料提交后，我就将此事放下了。但是，仅仅过了两天时间，反馈消息就来了。其速度之快，效率之高，超乎想象。接到电话时，我曾误以为是诈骗电话，差点闹了笑话。

当时，我正在回济南的绿皮火车上，手机上显示了一个北京的陌生固话号码，而我在北京的亲戚朋友较少，平时联系也不多，故推断是骚扰电话的可能性比较大。本想直接挂掉，正好四个小时的车程也无聊，不如和“骗子”聊一会，看看对方到底想要什么花样。

电话接通后，对方很客气，首先核实了我的姓名等基本信息。通常而言，这是“骗子”的常规流程。之后，对方就简单介绍了自己，表明身份是中央电视台记者，想了解一下村里殡葬改革的情况。当时，我非常吃惊，心里想，现在“骗子”的基础工作居然做得如此扎实。

梁丽娟（前排右三）与大家合影留念

但随着话题的不断深入，我意识到这不是“骗子”，而是真正的记者。当时，我既为自己的草率而感到自责，又为自己的误判而后怕，差一点错过了这么重要的电话。

电话的另一端是中央电视台的梁丽娟主任，她非常客气和认真地与我交流着殡葬改革的情况，希望多掌握一些有用信息，挖掘更多亮点。梁主任表示，经过认真筛选，他们认为第一书记在村里推动殡葬改革的工作比较符合新闻主题要求，打算明天来村里采访，看我时间是否方便。

接完电话后，我第一时间向工作组两位组长报告，并通过组长向派出单位汇报，根据领导指示积极配合采访工作。

第二天一早，我又坐着熟悉的绿皮火车，急急忙忙地赶回了村里。中央电视台郭茜、杜雷鸣、卢武三位同志从北京赶到临沂，山东电视台廖亮同志也从济南赶到临沂，我们几乎同时到达马庄镇政府。

没有客套寒暄，大家直接进入工作状态。按照采访要求，我先介绍了核桃峪村殡葬改革的情况，提供了他们想要了解的一些信息。之后，大家就直奔核桃峪村。

入村后，记者随机采访村里的群众、党员和村干部，我原则上正常工作，需要配合采访的时候，记者再和我联系。这样，既不耽误我的工作，又能保证采访的客观真实性。

5 天的采访非常顺利，采访组也给我留下了深刻的印象。其中，一个小环节我印象尤其深刻。采访工作整体推进较为顺利，但是所有的事情都是听群众讲，并没有见到真实的情景，不得不说有一点遗憾。而就在采访的倒数第二天，村里有群众突然去世了，采访组亲眼见到了简化后的出殡过程，验证了群众介绍的情况，也发自内心地对核桃峪村殡葬改革工作竖起了大拇指。

后来，村里群众经常拿这件事开我玩笑，说人活着的时候支持第一书记的工作，去世了也要再鼎力支持一把。

我时常感叹自己是个幸运的人，工作和生活中得到了大家太多的关照和支持。

在经过了三个多月的等待后，2015 年 11 月 15 日，中央电视台《新闻联播》播出了“一个村里的俩书记”，让这个小山村一下成了焦点。

之后很长的一段时间里，村里群众都在议论这个片子，年轻人还会把新闻下载到手机上，向周边的朋友们炫耀："瞧，新闻里说的就是俺们村，俺们走在了全国前列！"我在村里走访的时候，还会被村民拉住聊天："金书记，俺上海的大哥从电视上看到新闻后，专门给俺打来了电话问啥是第一书记。"旁边的邻居接着就是一句："俺北京当兵的兄弟也从电视上看到咱们村啦！"然后大家哈哈大笑。看得出，这条新闻给大家带来了自豪，带来了骄傲！

一个村里的俩书记

2015 年 11 月 15 日，中央电视台《新闻联播》"头条工程"以"一个村里的俩书记"为题，用时 5 分 17 秒报道了核桃峪村殡葬改革和核桃产业等扶贫工作。《新闻联播》的超长时间报道和精到的编后点评，将核桃峪村的移风易俗工作推向了全国，使其得到了普遍的认可和广泛的好评。新闻报道如下：

新闻导语："农村要发展，农民要致富，关键靠支部"。坐落在沂蒙山区的山东省临沂市费县的核桃峪村，是远近闻名的贫困村，今年这个贫困村的支部里有了两个书记，一位是有着 30 年基层工作经验的老支书，一位是省直单位下派的 80 后第一书记。当老经验碰上新理念，携手脱贫，核桃峪村会发生什么样的变化呢？

新闻正文：陈庆亮是核桃峪村的村支书，这个岗位他一干就是 30 年，让他苦恼的是，努力了 30 年，贫困村的"帽子"也一直没摘下来。

今年，村里来了一位省里下派的第一书记——金栋，他来的任务就是协助老书记，帮核桃峪村脱贫致富，但对这个 30 岁的年轻小伙子，老书记

郭茜（右三）、杜雷鸣（左三）、卢武（右二）、廖亮（左四）与大家合影

却不太服气。

而没有任何农村工作经验的年轻干部金栋，第一天夜里到达核桃峪村时，心里也打了退堂鼓。

显得有点水土不服的金栋和老书记开始了在村里的搭班工作。核桃峪村的地理条件适合生长核桃，但有好资源，却一直没有利用好。

金栋提出科学创新发展村里的核桃产业，不仅请专家来指导，改良品种，科学管理；金栋还专门设计了“核桃山谷”品牌，把时下最流行的互联网手段引入宣传、销售环节，开发了乡村旅游项目、核桃主题的农家乐，把核桃产业发展得有声有色，半年来村民人均收入就增收了5000元。这些变化，老书记陈庆亮看在眼里，内心对金栋多了些服气。

核桃产业发展起来了，得到了老百姓的支持和老书记的认可，金栋心里底气足了。他准备在村中开展一项更难的改革——移风易俗。

核桃峪村地处山区，村民们思想不开化，老理儿多，老百姓宁愿把两三年的家庭收入花费在办丧事上。金栋算了一笔账，三到四天的葬礼过程，平均要花费三万元，村里一年大概有10位老人去世，仅丧葬的支出一年就有30万，这对于人均年收入6000元的核桃峪村村民来说，是沉重的负担。所以金栋决定移风易俗改革就从改变丧葬制度入手。

正如陈庆亮预料的那样，金栋召开了几次村“两委”会议，会上也是争议不断。

不仅“两委”会议商量不下来，村民们也反对。

为了打消村民对面子的顾虑，金栋第一步在村里成立了治丧委员会、

《新闻联播》"一个村里的俩书记"

红白理事会，按简化程序操持丧主家的葬礼；还邀请乡镇管区书记和第一书记到丧主家去吊唁，给予丧主心理上的安抚；对于按照简化程序办丧事的家庭，金栋还向省里申请了精神文明经费，给予一定的补贴。老书记陈庆亮也帮着挨家挨户征求意见，对村民进行心理疏导。

勤跑腿、勤向老百姓问需求，发现问题一个一个解决。最终，在金栋和老书记陈庆亮、村"两委"的共同努力下，村里开始执行新的丧葬程序。

新闻编后语：省城来的新书记还真有两下子：带来了发展新方法，让百姓收入增加；也带来了生活新思想，让村里移风易俗。创新发展路子，生活变好了；改变生活习俗，好生活才能长久。金栋在核桃峪村的实践表明，创新加实干，才能开出花儿结出果；富口袋的同时也富脑袋，一个村庄的发展才能上台阶、变模样！

殡葬改革的信心

在一个思想保守、相对封闭的山村开展殡葬改革工作，既要承受巨大的思想压力，也要冒着一定的风险。但是经过认真思考和分析，我还是选择了挑战，既挑战传统观念，也挑战自己。做出这个决定，并非头脑发热，一时冲动，而是基于充分的走访调研和对父老乡亲的信任。

当时，殡葬改革的压力主要来自以下几个方面：一是传统观念根深蒂固。我相信，绝大多数当地人心中早已默认了现有的丧葬流程，父老乡亲热热闹闹三四天，逝者风风光光离去，所以才有了“面子比命更重要”的说法。老祖宗这么做，其他人也这么做，我就必须这么做。二是村干部积极性不高。这个要体谅村干部的难处，平时工作已经很繁重，压力非常大，何必再自讨苦吃？群众自己花钱，干部为什么要干预？虽然出于好心，但容易得罪人。三是失败的后果可能超乎想象。大家会想，如果改革失败了，第一书记两年后拍拍屁股走人，留下一个烂摊子给村干部。作为第一书记，我自己也有顾虑，入村后的第一项改革若以失败告终，未来两年的工作如何开展？四是自己缺乏理论和实践经验。这一点，村里干部和群众更不放心，为什么要相信一个刚满 30 岁、毫无基层工作经验的省直机关干部？

虽然面临种种困难和压力，但我内心始终坚信：殡葬改革一定会成功。

一是群众的意愿奠定了成功的基础。带着殡葬改革这个课题来到核桃峪村以后，我就利用入户走访的机会了解群众意愿。出乎意料的是，绝大多数群众都非常支持这项工作。可见，愈加严重的攀比之风和铺张浪费早已引起了群众的不满。我曾听到过两个故事，让我对以往的丧葬习俗更加深恶痛绝。一是两个势力较大的家族通过办葬礼来斗气：吹鼓手找两班队伍，烟酒都是高档品牌，流水席超过了 200 桌，将攀比之风推到了新的“高度”，在邻里之间产生了非常坏的影响；另一个是贫困家庭的独生子，举债为老母亲办了风光的丧礼，导致经济状况“雪上加霜”，家里债台高筑，他自己也一直没能娶上媳妇。

二是团结的干部队伍是工作成功的保障。前期，村干部因种种原因并不积极配合，但通过多次沟通

村里定期召开党员大会

及用路灯作为交换条件，终于得到了陈庆亮书记的支持。此后，其他村干部和党员很快加入我们的队伍中来，殡葬改革的中坚力量也迅速凝聚起来。印象最深的几个场景，比如，全体党员清晨在逝者家门口召开特殊的党员大会、村干部集体参与帮助家属料理老人后事等等，都是陈书记带领大家一起攻坚克难的体现。正是大家的团结一致，保证了殡葬改革的顺利开展和推进。

三是淳朴的民风为改革成功营造了良好的环境。有个朋友在听我介绍完核桃峪村的殡葬改革后笑着说："如果换一个地方，可能就不一定这么顺利了。"言外之意是，费县良好的民风是殡葬改革成功的重要因素。这一点，我从未有过质疑。入户调研阶段，父老乡亲毫不避讳，积极地提出合理建议；殡葬改革过程中，绝大多数群众给予鼎力支持，未出现一例滋事、上访事件；改革推开后，我们一起总结经验，继续团结一致，不断开创新的事业。如此淳朴的民风，如此善良的群众，我们对工作怎能没有信心呢？

四是"外来和尚"的加入为改革的落实找到了恰当的切入点。之前，我走访过很多村子，村委办公室墙上都挂着移风易俗和殡葬改革新规的牌子，但多数没有真正落到实处。由此可见，由村里主动捅破这层窗户纸的难度非常大，村干部的压力和顾虑要远超我们的想象。而作为外来干部，既有充沛的精力做这项工作，又不被当地复杂的人情世事所牵绊。所以，我来挑头做这项工作再适合不过。

回想此事，我的分析是准确的，我的选择也是正确的。我充分信任核桃峪村的父老乡亲，大家也给予我充分的信任，给了我一次挑战世俗和自己的机会。很多时候，不付出就不会有收获，不挑战也就不会成功。

失眠与白发

2015年年底，我回单位汇报工作时，领导盯着我的额头，眼神微微停顿了一下。当时，我的心里咯噔一下，还以为工作汇报出了问题。随后，领导语气一转，非常严肃地问我："你额头的这撮白发是漂染的吗？在机关工作千万不要追求时髦，要稳重一些。"这时，我才意识到问题出在前额的白发上。

还有一次，在单位电梯里遇到了几位年轻的同事，她们开玩笑地对我说："第一书记真时尚啊，头发都染成了时下最流行的'奶奶灰'。"几句俏皮话，引起了电梯里的一阵笑声。那时我才知道，白头发竟然成了新时尚。

白头发几次被人提起，渐渐引起了我的重视，空闲的时候我也会分析原因，这或多或少与殡葬改革的压力有关系吧。

殡葬改革前后准备了小半年的时间，随着动员大会的临近，我也进入了精神"高压期"。殡葬改革涉及广、环节多、细节碎，就好比一台机器，哪怕一个零部件出现问题，整台设备都可能面临停转。

各级领导到核桃峪村调研殡葬改革

殡葬改革的压力来自多方面。首先，群众能否全力支持？改革涉及村里每一个人，虽然绝大多数群众理解并支持这项工作，但真正落实的时候是否会出现心口不一的情况？其次，简化后的殡葬标准能否经得起实践检验？我们每一个程序、每一个环节都广泛征求了群众意见，但是大家认可并不代表一定符合实际。此外，环节衔接是否顺畅，也都需要实践的检验。再次，殡葬改革一旦失败，后果能否承受？对于第一书记来说，意味着未来两年的工作将非常艰难；对于村干部来讲，特别是陈庆亮书记，可能意味着任期内的工作都将非常艰难。

这几个方面中，殡葬简化标准是最让我担心的。当初，为了确保制定的丧葬简化标准能够顺利执行，我几乎每天都在心里把这些标准和流程反复“推演”，以确保任何环节都不留下丁点纰漏，防止实际执行过程中出错。但无论自己如何下功夫，无论党员干部及群众如何认可，只要未经实践检验，简化标准就存在出错的可能。我始终认为，凡事只要有百分之一的概率，就会有百分之百的可能。所以，既要在前期把风险降到最小，又要做好后期应对各种突发问题的准备。

临近正式推动殡葬改革那段时间，我的精神压力特别大，以致晚上失眠非常严重。常常是忙了一整天，晚上明明又困又乏，可躺在宿舍的床上就是睡不着，满脑子都是殡葬改革的细节，那种感觉非常痛苦。好不容易睡着了，又梦到由于细节考虑不够细致，殡葬改革现场遭到群众激烈反对，导致各项工作陷入停滞和瘫痪。最严重的一段时间，已经分不清是做梦状态还是白天工作状态。由于精神高度紧张，身体异常疲惫，一段时期内整个人的精神状态特别差。

有一次，南张庄乡武家汇村支部书记张纪廷到核桃峪村交流工作，他也注意到了我前额的白发，心疼地对陈庆亮书记说：“你看你把我们金书记都累出白头发了！”

外地群众到核桃峪村学习殡葬改革经验

在很多村干部眼里，我还是一个孩子，因为我的年龄和他们的子女一般大。所以，看到我这一年的变化，大家不由自主地流露出心疼之意。被人挂念是一种幸福，往往不需要语言，一个眼神就足够了。

虽然村里的工作会比省直机关累一些、苦一些，但也有机关工作体会不到的幸福。这种幸福叫“充实”，它能冲淡精神和身体上的疲惫。

那段时间有个奇怪的现象：只要放假回到济南，在家里既不失眠，也不做噩梦，早上醒来神清气爽。但是一回村子，之前的情况就立刻出现。跟媳妇聊起这事，她解释说，在村里满脑子都是棘手的事，而在家里陪伴家人都是开心的事。经历过这些，我才切实体会到，家是最温馨的港湾。

现在，偶尔看到额前的白发，还会想起那段时光，虽然疯狂，但是幸福。

传统文化的质疑

推动殡葬改革过程中，我专门向领导和同事们请教过，也征求过一些朋友的意见建议，大家提到了一个共同的问题：如何处理殡葬改革与中国传统文化的关系?

这个问题不一定会被问起，但是一定要做好准备。以核桃峪村群众现有的文化水平，提出上述问题的可能性不大。但是，村民的亲戚朋友中肯定会有高学历的人，他们可能会通过各种方式、各种渠道将相关问题传达给村里的群众，进而再传达给每一个改革者。

殡葬改革推动后很久，也没人问起这个问题。或许，大家都还沉浸在改革成功的喜悦之中，根本无暇顾及一些杂音。但是，就在我以为自己多虑的时候，平静的生活被中央电视台《新闻联播》“打破”了。

《新闻联播》的影响力，远远超出了我的想象。新闻播出后，来自全国各地的电话让我的日常生活更加“丰富”。买卖核桃的、交流殡葬改革做法的、探讨人生哲学的等等，各种各样的话题向我们涌来。其中，破坏中国传统文化的质疑声，也不断有人提出。

关于这个话题，我先后接到了北京、上海、大连等地观众的电话，他们有的是大学教授，有的是传统文化研究者，文化素养、综合素质普遍较高，交流起来非常顺畅，也非常愉快。大家没有一味地批评否定，而是提出了自己的观点，与我分享他们的研究成果，给我更多的指导和鼓励。

起初，无论对方提出什么观点，我都会认真倾听。但是，随着交流的不断深入，我也提出并坚持着自己的观点。一是传统文化中有精华也有糟粕。正所谓取其精华，去其糟粕。殡葬改革，就是要去除其中的“糟粕”，保留传统殡葬文化中的“精华”。二是要坚持马克思主义辩证唯物主义发展观。任何事物都不是一成不变的，而文化本身也是不断发展的，它在不同的时期、不同的阶段呈现出不同的表现形式。文化作为上层建筑，需要与经济发展水平相适应。古人言“丧三年，常悲咽”，意思是父母去世之后，子女要守孝三年。而守孝三年的做法，在当今社会肯定是行不通的。从这一点也说明，中国殡葬文化本身就是在发展变化的。三是正确对待物质文明与精神文明的关系。据了解，有的人为办一场隆重的葬礼四处举债，承受着巨大的经济压力。试想，一个靠借钱办葬礼的人，一个吃饭都成问题的人，他会考虑精神文明吗？或许，他也曾认真考虑过，但最终在现实面前妥协了。对于困难群体，我们不能简单地站在道德高地去指责和批判。在他们的世界观里，生活，甚至是生存，才是第一位的。网上曾有一句话：“你没穷过，就永远不知道生活有多艰难！”大抵是这个意思吧。

殡葬改革后的出殡队伍

我的观点得到了很多专家学者的认可，我也在与他们的交流中收获很多。

关于传统文化，还有一件事对我触动非常大。

2016年年底，某电视台以某县殡葬改革工作“一刀切”为由，拍摄了一部带有“批判”意味的专题片，认为移风易俗导致吹鼓手失业，唢呐技艺面临失传。编导还刻意给予吹鼓手将唢呐等乐器扔入火堆焚烧的镜头以特写，吹鼓手的言语中表达着不满和无奈。坦白地讲，这部片子有刻意引导的嫌疑，编导只邀请了个别学者片面地从学术角度谈论文化传承，却没有去了解农村贫困家庭因此背负沉重包袱的实际情况。这是对事实的不尊重，更是对贫困群体的不负责。

这个片子播出后不久，我在接受山东广播电视台《调查》栏目采访时做了回应：殡葬不是唢呐技艺留存的唯一载体，艺术应该多元化、多形式保存和发展。

无论是学术质疑，还是刻意阻挠，都改变不了历史发展的大趋势，都不能与真正的民意相抗争。我坚信，优秀的传统文化一定会经得起历史的检验，一定会随着社会的发展而得到传承发展。

殡葬改革的遗憾

从某种意义上讲，核桃峪村的殡葬改革是相对成功的。而实际上，当时的很多措施是折中或妥协的结果，夹杂着很多无奈。另外，殡葬改革过程中，还有一些想法由于种种原因没能实现，留下了一些遗憾。

第一，未能全面取消流水宴席。

我一直认为，流水宴席是一种巨大的浪费，十菜一汤的标准过于“奢侈”，宾客根本吃不了多少东西，往往是整盘整盘的菜被倒掉，让人心疼。所以，殡葬改革之初，我就将流水宴席列为必须改革的一个环节。但是，随着工

随礼环节未能取消

作的深入推进，我发现全面取消流水宴席的难度超乎想象。

首先，大家习惯了白事相聚的方式。虽然大家生活在一个范围不大的村子里，但是作为“三八六一九九”部队主力军的老人平日很难凑到一块儿。所以，大家非常珍惜这种机会。其次，宴席承载着一份情怀。大家聚到一块儿聊聊过往，回忆曾经的生活，既有对逝者思念的寄托，也是乡邻感情的延续。另外，逝者家属也通过宴席的方式，对亲友、邻里表达谢意。再次，随着流水宴席产业化，这种方式减轻了逝者家属的劳动量，得到了大家的普遍认可，如果逝者家属在宴席上“节约”，就容易被扣上不孝的帽子。

我曾算过一笔账，以每桌200—300元的标准计算，一场葬礼按60桌计算，费用就达1万余元。对于人口较多或者攀比严重的家族，有的宴席能达200桌，费用可想而知。就全面取消流水席一事，我曾多次与村干部、党员和群众沟通，但遭到了一致反对。为了减少殡葬改革的阻力，当时将十菜一汤的标准改为四个大锅菜，由街坊邻居协助做好饭菜，每桌的成本控制在50元左右。

每当回想起此事，心里都有一种遗憾。如果当时态度强硬一点，是不是就能推行下去？或许，这是我性格的缺陷。

第二，未能取消随礼环节。

随礼，虽然不像流水宴席一样必须全面取消，但是也想控制范围，控制额度。而在实际操作过程中，却出现了难以调和的矛盾。

首先，额度和范围控制的尺度不好把握。随礼的额度，一般都会参照之前本家老人去世时对方随礼的额度而定。如果取消随礼，就有一个现实问题：之前随出去的礼金难道就不收回来了吗？毕竟这么多年，累计随礼的额度也不小，不收回的话就吃大亏了。再就是随礼的范围，如果允许近亲随礼，禁止远亲随礼，不仅范围不好界定，还会让部分亲戚觉得没面子，势必会增加殡葬改革的阻力。

其次，殡葬改革的激励措施与取消随礼相矛盾。当初，为了顺利推动殡葬改革，特别是做通前几户群众的思想工作，我们还采取了经济激励的办法。如果我们一方面奖励殡葬改革的家庭，另一方面又阻止大家收回礼金，会有自相矛盾的感觉。

第三，未能推广集中公墓。

小湾自然村顺利迁坟，让我们心里再次为之一振。当时，我曾一度将推广集中公墓列为 2016 年的重点工作。但在具体推进过程中，再次体会到了些许无奈。

基于小湾村迁坟的成功经验，我们计划在另一个自然村开展“复制”工作，但问题随之而来。一方面，集中公墓的选址问题。这个自然村地形较为特殊，我们看中一个适合建公墓的地方，但山体坡度实在太大，通行存在较大风险。另一方面，这个自然村外出打工的人员较多，很难将家属集中到一起沟通迁坟的事情。而迁坟这么严肃的事情，没有家属的同意，是万万不能开展的。几个因素凑到一块，也就留下了未能再次迁坟的遗憾。

此外，我还考虑过在其他自然村建骨灰墙（或骨灰祠堂），但也因为选址、费用，特别是担心安全、人为破坏等原因而最终放弃。

凡事要追求完美，但也必须面对现实。只要付出，无论结果，都是一次历练、一次提升、一次成长。

基层干部

2015 年 8 月，中央电视台《新闻联播》记者采访的最后阶段，希望我谈一下这几年的基层工作感受，主题不设限制，但须是切实体会。

作为驻村第一书记，本可以突出扶贫主题，甚至可以深入介绍驻村经历，但是经过简短的思想斗争，我还是“忍痛割爱”，表达了内心的真实感受，围绕“基层干部”谈了体会：乡镇干部不容易，所做的工作都是和群众直接打交道的一些事情。习总书记讲过，谋事要实，创业要实，做人要实。所以我们在工作当中，特别是做群众工作时，头脑中要紧绷着严和实这根弦。

两年的农村工作，让我切身感受到了基层干部的不易。他们扎根基层，深入一线，昼夜奋战，攻坚克难，吃了多少苦，遭了多少罪，受了多少委屈，不并肩共战，很难体会。如果这个时候不替他们发声，我觉得对不起广大一线干部，更对不起自己的良心。虽然减少了扶贫主题和个人工作在新闻联播中的分量，但是我对这样的选择无怨无悔。即便是今天让我重新选择，我还会做出同样的决定。

在扶贫工作中，第一书记做出了重要的贡献。但是三两年或更短暂的驻村时间，相对于常年甚至一辈子扎根一线的基层干部而言，真的是微不足道。由于平时与基层干部接触较少，往往存在对其认识不全面，评价不客观的问题。

对此，我觉得我们应该认真反思一下。在一些报道中，特别是农村拆迁、计划生育等事件中，基层干部常常被网络舆论“妖魔化”。有些事情刚刚发生，具体原因尚未调查清楚，网络上就立马出现了失去理智且一边倒的声音，甚至是对人身的诋毁、谩骂。而个别地方为了平息舆论风波，也会采取“先期处理”的做法。2013 年，我曾针对网上某舆论事件，在媒体上发表过评论文章《莫让干部成了网络暴力的牺牲品》，也算是第一次为基层干部发声。

这三年与基层干部一起工作和生活，让我重新认识了这些可爱、可敬、可亲的同志们。三年的接触，我用“三高一低”为他们进行了画像，展现了他们鲜为人知的一面。

首先是高压力。我们常说，上面千条线，下面一根针，上级的各项部署都是通过基层干部来传达、落实的，他们需要穿针引线、承上启下，发挥着落实方针政策、承担具体工作的关键作用。看似大家各自分管一摊，但往往都是一人身兼数职，不仅要白加黑，还要五加二，常常有种分身乏术的感觉。我常常想，基层干部不仅工作压力大，生活压力也非常大。

其次是高风险。基层工作的风险，我认为来自两个方面：一方面是来自群众的质疑、不满，甚至是暴力冲突。基层工作最大的特点就是直面群众的切身利益，有时候因为沟通不畅或解释不到位，引发群众不满意，会导致纠纷或冲突；有时候也会因为群众不理解政策，或者打自己的小算盘，产生一些不必要的纠纷。不管哪方面原因，都是基层干部冲在一线。另一方面是来自各级的考核问责。工作一旦疏忽，就要面临被问责的风险。其实，我并不是认为不需要考核和检查，而是认为应该改革方式方法，让基层干部从烦琐的检查、考核、报表中解脱出来，让大家把更多的时间和精力用在实实在在的工作上。

再次是高龄化。观察过几个乡镇领导班子的年龄结构，普遍存在偏大的问题。2015 年，80 后有的已经 30 多岁了，但在乡镇领导班子中并不多见，主要领导干部中更是没有。普通干部中年轻同志也不

乡镇负责同志周末在核桃园调研

多，仅有的几个年轻人要么被抽调到上级部门帮助工作，要么专心准备遴选考试。而年龄结构偏大的队伍，最大的问题就是动力不足、创新不够，一定程度上影响了基层工作的改革发展。

最后是低收入。我们常常抱怨自己的收入不高，但是对比基层干部的收入，应该感到非常知足。特别是对比他们的付出和压力，我们实在是太幸福了。

三年，转瞬即逝，但也在心里留下了刻骨铭心的记忆。朝夕相处的生活，让我对基层干部多了一份认知，多了一份理解，更多了一份尊重。

第三章

核桃山谷和挂枝树鸡

“峪”，就是山谷，核桃峪，即核桃山谷。我将核桃峪村村名拆开，打造了“核桃山谷”品牌；挂职书记，谐音“挂枝树鸡”，又因草鸡的生活习性是晚上在树枝上休息，我又打造了“挂枝树鸡”品牌。两个品牌，一个自然亲切，一个诙谐幽默，深受消费者喜爱，也逐步打开了市场。我当时的工作名片背后和我的微信签名上，一直写着一句话：到核桃山谷，吃挂枝树鸡。

核桃峪与“核桃山谷”

“核桃山谷”品牌创意源于核桃峪村名称，山谷即峪，峪就是山谷。品牌是村名，村名也是品牌。所以，我们在宣传核桃山谷的时候，实际上也是在推介我们的村子。

这个品牌的背后，还有一个小故事。

2015 年 5 月底，单位领导协调书包、书籍、文具等物资，到第一书记帮扶村开展“六一”儿童节送温暖活动。活动结束后，大家到核桃峪村调研指导工作。

漫山遍野的核桃树，郁郁葱葱染绿山间，提起了每个人的兴致，大家纷纷表示，核桃峪村太漂亮了，村名也有寓意，“峪”字拆开就是山谷，就像美国的硅谷，给人一种大气磅礴的感觉，可以在村名上好好做做文章。

偶然的一个建议，让我的思路豁然开朗，冥冥之中预感到，村名中一定可以挖掘出“宝藏”。领导返程后，我就开始思索村名中蕴含的“价值”，希望寻找到合适的方式实现经济效益和社会效益最大化，“让核桃树下生出金子”。

马庄镇种植核桃面积约 12 万亩，是山东省最大的优质有机核桃生产基地，核桃种植专业合作社有几十家，但美中不足的是没有一个叫得响的品牌。如果将村名和品牌结合打造“核桃山谷”，是否能打开一片新天地?

一次党员大会上，我提出了“核桃山谷”品牌的想法。但大家种了一辈子核桃，也卖了几十年核桃，从来没有过“品牌”意识，最多是以合作社的名义销售核桃。所以，大家对我的提议无动于衷。

意识到思路出了问题，我便开始调整工作方向，悄悄地打听当地现

核桃山谷礼盒

有合作社的实力，从合作社注册时间、注册资金、社员规模、年销售额、获得奖项等方面综合对比，看看谁最符合要求。

我之所以要选择现有合作社来运营“核桃山谷”品牌，也是没有办法的办法，因为有几个问题必须面对。首先，谁适合运营品牌？第一书记只有两年任期，不可能长期运营推广；村干部年龄普遍偏高，对新事物缺少了解，也没有运营经验，所以村集体也不适合。其次，谁能做强品牌？提出品牌，仅仅是一个创意；做强品牌，却是一个系统工程，管理、运营、品控、推广等方面的知识一个都不能少。思来想去，村里现有的成熟合作社运营品牌最为合适，所以得想办法给“核桃山谷”选个好“婆家”。

最终，通过对管理经验、销售渠道、经济实力、发展前景、口碑评价等综合因素的对比和分析，我们选定了核桃峪村的“绿缘核桃种植专业合作社”。

随后，我主动找到绿缘核桃种植专业合作社负责人吕东，介绍打造“核桃山谷”品牌的想法。没想到她对这个品牌非常感兴趣，而且认为当下核桃缺少品牌的现状亟待改变。当时，合作社主打“芍药山核桃”“费县特产”等产品，在本地具有一定的知名度，但是出了费县就得不到认可了。而且，“×× 合作社”“×× 特产”的名字同质化太严重，合作社要想突破现状，长远发展，必须打造更响亮的品牌。

“核桃山谷”找到了满意的婆家后，我的心里也踏实了。吕东雷厉风行，说干就干，第二天就开始着手商标的设计和申请、包装盒的设计和制作。

因为重新申请商标需要一年多的时间，我们就将“核桃山谷”品牌挂靠在“绿缘核桃种植专业合作社”，这样就加速了产品推向市场的步伐。

巧的是，我们更换包装礼盒的第一天，就有临沂市的一位客户前来订购核桃，他一眼就看中了新款的“核桃山谷”礼盒，当即订购 2000 斤。我们相信这是个好兆头，所谓的开门红就是这样的吧。

其实，我最初的想法是把“核桃山谷”打造成一个集体共享品牌。所谓共享，即“核桃山谷”品牌所有权归核桃峪村集体，只要核桃品质、产量规模、经营信誉等方面符合品牌要求，经管理方授权后一定区域内的合作社均可以使用“核桃山谷”品牌，并统一包装礼盒。但实践中我发现，有的合作社存在占小便宜的心理，以次充好、短斤少两，或者有内部恶性竞争等问题，所以我们及时刹住了这个试点工作。

回头看，在当时的形势下，选择绿缘合作社是正确的；从发展成效来看，绿缘合作社也是让人满意的。目前，“核桃山谷”品牌下不仅有核桃，还有小米、板栗、柿饼等十余种产品，更让人欣慰和高兴的是品牌发展趋势良好，我也期待着“核桃山谷”有更美好的明天。

一夜成名

打造“核桃山谷”品牌后，我们又顺应互联网发展大势，打造了“费县核桃山谷”网店。由于前期没有进行宣传，工作人员也没有网络销售经验，所以，网店销量不高，主要以摸索和积累经验为主。

而这一切，都随着 2015 年 11 月 15 日中央电视台《新闻联播》播出的新闻改变了。

当天夜晚 12 点左右，我收到“费县核桃山谷”网店管理员的微信，打开信息一看，着实把我吓了一跳，“疯了”“疯了”“疯了”，简单的两个字却连续发了三遍。

大半夜收到这样的信息，瞬间睡意全无，心里突然有一种莫名的担心。我正在想到底发生了什么事情，第四条信息又发来了，“核桃山谷卖疯了！”

“核桃山谷”品牌

原来，晚上7点《新闻联播》报道了核桃峪村的新闻后，网店的点击量陡增，当晚的销量就达到了几百份，这比开业几个月来的总销量还高。网店管理员刚开始不知道原因，后来才听说是中央电视台《新闻联播》报道了“核桃山谷”品牌，全国各地的观众纷纷下单购买。

网店运营人员之前也没遇到过这样的阵势，当天晚上将全部的时间用在了回答客户问题、介绍产品特色等客服工作上，等忙完之后才发现，已经到了午夜。他们顾不上一身的疲惫，赶紧通过微信将好消息告诉我，大家一起分享这份快乐。

《新闻联播》栏目组当时来核桃峪村拍摄的时候，主要是想通过殡葬改革工作切入基层干部作风转变主题。栏目组在村里待了5天时间，对核桃峪村有了更全面的认识。栏目组的同志见证了群众的不易，他们被村民艰苦奋斗、不屈不挠、乐观生活、积极向上的精神深深地感动着。最终，呈现在新闻报道中的，不仅有殡葬改革，还有核桃峪村的核桃。

这个片子的编导郭茜老师，是一名80后的小姑娘，她性格非常开朗，工作经验丰富，她完美地将殡葬改革和核桃产业融合到一条新闻中，两条不搭边的素材组合到一起却毫无违和感，足见其功底的扎实。更让我们激动的是，新闻中还专门提到了“核桃山谷”品牌。有一次，郭茜老师在聊天中告诉我，这个片子改了9遍，好几次都快累哭了。在她的坚持和努力下，一条高质量的稿子在中央电视台《新闻联播》中顺利播出，把核桃峪村推到了全国观众面前，更让“核桃山谷”一夜成名。

这一年，“核桃山谷”销量超过了50万斤，销售额突破1000万元。

可以说，“核桃山谷”搭上了《新闻联播》的快车，从一个小山村的品牌到走向全国，只用了一个晚上。随后，我们又发挥媒体宣传优势，协调省内部分媒体，加大品牌宣传力度，逐步提高“核桃山谷”的知名度和品牌价值。

为了给消费者提供更好的服务，我们邀请专业人员，重新包装设计网店，提升网页美感度；同时，费县县城“芍药山特产店”正式更名为“核桃山谷现代农业体验店”，连续一周在电视台播放更名广告；另外，“核桃山谷”品牌由单一的原味核桃类产品扩展到烤核桃、山核桃、小米、红豆、花生等十余种产品，丰富了消费者的选择。

近年来，“核桃山谷”品牌依靠过硬的质量和良好的口碑，逐渐赢得了市场的认可和消费者的信赖。

不“转让”的品牌

“核桃山谷”品牌产品经中央电视台《新闻联播》报道后，市场知名度和消费者认可度显著提高。之后，中央电视台经济频道、中央电视台农业频道、山东电视台卫视频道、山东乡村广播、齐鲁网等媒体又先后多次给予宣传报道，特别是2016 年和 2017年山东省“两会”期间，齐鲁网和

“核桃山谷”生产基地建设过程

“核桃山谷”生产基地建成后外景

山东卫视推出的“两会”专题报道均提到了“核桃山谷”品牌，进一步提升了品牌的影响力。

随着品牌关注度的不断提升，曾有单位想收购“核桃山谷”品牌。对方认为，一个品牌由大型企业或者政府部门管理，对其长远发展和品牌效益都是有利的。对方也认可我的想法，将“核桃山谷”打造成共有品牌，管理方制定统一的标准，凡是达到要求的产品，一定区域范围内的农户或者合作社都可以无偿使用“核桃山谷”品牌。虽然对方态度非常诚恳，也提出了多个方案，但均被我们婉言谢绝了。在我心里，或许只有我们自己才会全心全意地呵护着“核桃山谷”这一品牌。

任何一件事，一旦全身心地投入其中，都会产生感情。我曾开玩笑地表示过，“核桃山谷”虽然只是一个品牌，却像我的孩子一样，每日悉心地呵护着它，看着它一点点长大，又怎么会舍得抛弃它呢？当时，我儿子3岁半，我陪他的时间加起来也不过几个月，而“核桃山谷”这个品牌，我几乎是每天看着它茁壮成长，它也早已深深地融入了我的生活里。

除了感情因素，我觉得由我们自己的合作社运营管理“核桃山谷”品牌，也有不可比拟的优势。

一是运营管理更用心。随着品牌的关注度和知名度不断提高，我们进行了实体店面升级、网店页面优化、产品种类丰富、包装礼盒更新等多方面的改进，同时加强网店负责人培训，从多方面完善运营管理。

二是发展动力更加足。绿缘合作社为了全力打造“核桃山谷”品牌，将已经经营了十余年的“芍药山特产店”更名为“核桃山谷现代农业体验店”，并将合作社旗下的红豆、小米、鸡蛋等产品整合，统一使用“核桃山谷”品牌，足见合作社对“核桃山谷”品牌的重视和期望。我们相信，凭借这股干劲，品牌发展空间会更加广阔。

三是宣传资源更丰富。经过中央、省、市、县等各级媒体多次报道后，“核桃山谷”品牌逐渐进入了消费者的视野，它未来的每一步成长都会受到关注。作为宣传系统派驻的第一书记，也一定会不遗余力地创造机会，加大品牌宣传力度，提升品牌的附加值。

所以，经过多方分析和综合考虑，无论何种方式，无论什么价格，“核桃山谷”品牌都不会转让。或许我们起点低，或许我们不够专业，或许我们暂时还面临许多困难，但只要不断努力，把握机遇，我们相信一定会带领“核桃山谷”品牌走向更广阔的舞台。

经过一年的发展，合作社已经拥有300多亩的优质核桃种植基地，计划再完成500亩的土地流转，保障产品供应；2016年在核桃峪村投资建设的“山东核桃山谷农业发展有限公司”，涵盖核桃种植、冷库存储、技术培训、生产加工、批发零售等业务。我们通过自己的方式，慢慢地摸索经验，慢慢地陪着“核桃山谷”品牌成长。

有时候选择是一件非常难的事，关键时刻一定要相信自己。能对自己负责的只有自己，要想发展只有不懈努力。可能过程有些曲折，速度有些缓慢，但路上的风景一定更加别致。

小县城的连锁店

在大城市里生活习惯了，买东西首先想到的是超市或者连锁店。餐饮有连锁店、服装有连锁店、图书也有连锁店等等，因为这些地方几乎是购买方便、质量可靠、价格公道的代名词。而在县城，除了有几家当地的“垄断型”综合超市外，很少见到这么多的连锁店。

核桃山谷现代农业体验店，原名“芍药山特产店”，之前只有一个店铺，在费县二中对面。已经在这里营业十几年了。

2016 年，是这个当地的特产店迎来跨越式发展的一年。上半年，“芍药山特产店”更名为“核桃山谷现代农业体验店”；下半年，先收购相邻的两家超市，营业面积扩大一倍，随后，又在马庄镇开设“核桃山谷现代农业体验店”（芍药山店）。

对于消费者而言，连锁店大大提高了购物的便利性；对于经营者而言，则具有更重要的意义。一是实力的体现。随着对品牌的不断宣传，产品种类的不断丰富，消费者的认可度也在不断提高，市场占有率也相应地提升，而核桃山谷的营收能力和服务消费者的能力更是显著增强。二是品牌的自信。从现有产品的销售情况分析，“核桃山谷”品牌产品销售明显超过其他产品，这是我们着力推广和品牌营销策划的成效，也是消费者对“核桃山谷”品牌认可的结果。市场的认可就是我们发展的信心。三是对未来的期

核桃山谷现代农业体验店

望。开设连锁店，既考虑提升品牌价值，也为了抢占区域市场；既是压力，也是动力，更是对未来发展的美好期望。

作为核桃峪村的第一书记，作为“核桃山谷”品牌发展的见证者，看到它每一步的成长，更是高兴在心里。走出开连锁店这一步，不仅仅是门店数量有了变化，更重要的意义在于经营者思想的变化。

提到思想的变化，还必须介绍一下绿缘核桃种植专业合作社、核桃山谷现代农业体验店负责人吕东。

“芍药山特产店”经营十多年来，凭借稳定可靠的产品质量，逐步赢得了消费者的认可，也打开了费县农特产市场。吕东凭借勤奋努力、踏实认真的工作态度，在实体店的经营销售、市场行情分析和客户维护等方面积累了丰富的经验。

初次聊起开设网店的时候，她很谦虚地表示自己学历不高，对电脑不专业，没有网店经营经验，担心做不好。针对她的担心和顾虑，我一方面耐心引导，另一方面邀请朋友帮忙指导，同时请同事代买产品帮助她提升信心。经过一段时间的适应，吕东积累了一定的网络销售经验，顾虑也逐渐打消，“核桃山谷”网店也算正式开业。

网店当初是在我的引导下开通的，由于顾虑等原因，吕东还是稍有被动的感觉的。但是，从“芍药山特产店”更名为“核桃山谷现代农业体验店”，到兼并店铺、开办连锁店等却都是她主动做的。吕东曾表示，“芍药山特产店”经营了这么多年，对这个名字感情很深，但为了今后更好地发展，还是要不断地充电学习，不断地适应市场需要。可见，更名和开办连锁店就是她思想解放的重要标志。

每次路过县城的核桃山谷总店或者马庄镇芍药山分店时，我都会静静地观察，慢慢地回味。有时候，我还会在晚上专门去看一下，每当门店上的霓虹灯映入我眼帘时，心情就会立马大好。希望有一天，“核桃山谷”这一品牌的分店能走出费县，走出山东，走向全国。

偶遇“核桃山谷”

我对“核桃山谷”品牌的感情是发自内心的，是真挚的。我曾不止一次对“核桃山谷”品牌的负责人说：“‘核桃山谷’是你的亲儿子，也是我的干儿子。看着它一天天地成长，心里都是满满的幸福。”

驻村三年期间，我一般根据工作情况，半月左右回一次济南，4个多小时的绿皮火车在记忆中有着许多的故事。有一次在回济南的火车上，见同车厢有个小伙子带了一盒“核桃山谷”品牌的产品，当时激动之情溢于言表，就像在陌生的地方遇到了亲人，满心惊喜；又像自己的一件作品获得大奖，满心自豪。

我努力抑制着内心的激动，尽量不表露出任何情绪，并试探着与小伙子交流。小伙子很健谈，我们一路聊得也很开心。他是一名在济南读大学的学生，假期返校给同学们带了一点老家特产。我问他为啥选择“核桃山谷”这个品牌？他非常自豪地介绍说，这是他们老家“著名”的特产。我故作外地人，表现出满心期待和向往的神情，更激起了他交流的欲望。

“核桃山谷”系列之春小米

他继续介绍说，每逢假期，各地的同学都会带些家乡的特产与舍友分享，像德州的扒鸡、周村的烧饼、莱芜的香肠，这些富有家乡特色的美食，不仅名头响亮，而且包装精致，感觉上档次，同学脸上也觉得倍儿有面子。费县特产当中，寒假适合携带的也

“核桃山谷”系列之核桃

就是核桃了，而他觉得之前的核桃品牌不仅名称“土”，而且包装也很“土”。所以，他以前都是直接用塑料袋装一些，带到学校与同学们分享。虽然核桃质量很好，价格也不便宜，但心里总觉得“跌面子”。

今年春节，有亲戚带了一盒“核桃山谷”品牌的产品到家里串门，他一见到这个包装就有种莫名的喜欢，大方美观的礼盒内，还有精致的内包装，更细心地放了一个核桃夹子。当时，他就决定将其作为“开学年货”带到学校。最后，他还不忘吹嘘一下，“核桃山谷”这个牌子可是在中央电视台做过广告的（可能把《新闻联播》与广告宣传混淆了），这在费县本地也算是大品牌了。看着他那骄傲的样子，我心里的满足感、自豪感油然而生，确切地说是一种骄傲。

与他聊天的同时，我也想起了我的大学生活。那时候，我们宿舍8个人，只有一位同学是外地的，其他7人都是济南本地的。济南人在济南读大学，无法体会到祖国的“物产丰富”，索性也就不再挂念自己那一亩三分地的特产了。印象中，大学期间唯一体验过的“地方特产”就是章丘大葱卷煎饼了。同学从家里带来地道的章丘大葱，父母亲手烙的煎饼，配上超市的面酱，就是一顿美味大餐。那时候不会去考虑外观是否精美、品牌是否响亮，更看重同学间简单纯真的友谊。

另外，还有一次相遇让我铭记心中。一次去费县朋友家做客，发现客厅放着“核桃山谷”的产品。不知道是刻意摆放，还是恰巧“偶遇”，但心里还是一样的激动。朋友见我注意力集中到了核桃上，便非常热情和熟练地复述我的“成绩”，旁边的老父亲也一个劲儿地介绍“核桃山谷”品牌产品在费县的认可度，夸我为父老乡亲做了很多实事，还一手捧起了这个品牌产品。我开玩笑地说道："'核桃山谷'可是我的干儿子呢！"

不知道他们能否理解这句话的含义，但这既是我对"核桃山谷"产品内心情感的体现，也是我真实生活的写照。2014 年 4 月份到费县工作时，我儿子刚满 8 个月，等我任职期满回到济南，他已经上幼儿园了。这三年时间，我没有陪伴孩子成长，但见证了"核桃山谷"品牌从无到有、从小到大的发展过程；这三年时间，虽然时刻都在想念孩子，但更多的精力和感情都投入到了"核桃山谷"品牌的发展上。所以，从时间和感情上讲，把"核桃山谷"品牌当作干儿子一点都不过分。

随着对这一品牌推广力度的加大和知名度的提高，后期遇到"核桃山谷"品牌的机会越来越多，这也是非常令人欣慰的。希望它有一天能发展成"地方名片"，更期待着人生当中与它更多的相遇。

核桃宴

随着"核桃山谷"品牌产品的不断发展，"核桃山谷"品牌先后推出了核桃、小米、板栗、柿饼等十余类产品，并逐步赢得了消费者的欢迎和认可，呈现出良好的发展态势。

核桃酥

"核桃山谷"品牌的发展规划是涵盖吃喝玩乐等产业，而目前仅仅是在初级农产品上略有起步，离既定目标还有相当大的距离，所以，我的内心还是有些不甘。

经过一段时间的思考，结

核桃宴

合核桃峪村的特色，我决定推出两个新项目，其一就是核桃宴。

据资料介绍，核桃同扁桃、腰果、榛子并称世界“四大干果”，被誉为“长寿果”“金果”“益智果”“万岁子”。李时珍在《本草纲目》中记述“核桃仁补气养血、润燥化痰、盖命门、利三焦、温肺润肠。”核桃是减少现代“文明病”的天然良品。民间对核桃的保健作用很早就有认识，一直习惯用核桃仁、菊花、冰糖治疗脑神经衰弱症，效果极佳。此外，民间还有给学生吃核桃健脑益智的传统。可以说，核桃饮食有着巨大的市场。

费县马庄镇是山东省最大的优质有机核桃生产基地，核桃种植面积已达10万余亩，年产核桃2200万公斤。而且，马庄镇近年来大力发展乡村旅游，农家乐办得也是有声有色。如果将本地特产与乡村旅游结合起来，不仅能为乡村旅游增色，还有可能再打造一张饮食文化名片。或许，消费者今后不仅仅是奔着炒鸡来费县，还可以来品尝核桃宴。

互联网时代，一切皆方便。在网上检索后发现，核桃宴并非是我们的首创，很多地方已经有了悠久的历史，比如云南大理、陕西陇县及北京门头沟。虽然这些地方已经开发出了核桃宴，但山东境内尚未发现有类似的主题餐厅，这就打消了我们的顾虑。另外，云南、陕西、北京等地核桃宴里面的经典菜品，可以让我们享受“拿来主义”，比如，核桃炖鸡、核桃蘸蜂蜜、核桃八宝饭、凉拌核桃仁、油炸核桃仁、素炒核桃仁等家常菜比较适合重点推广。

有了规划和思路，关键还是要落实。这个时候，我想起了村里的致富能人，也是村里的一名党员——陈庆后。

陈庆后思路开阔，敢于探索，在发展核桃产业的同时，还搞起了乡村农家乐。我们关系一直不错，正好可以借他的地盘尝试一下核桃宴。

两人一拍即合，随即进入了核桃宴的深度“研发”之中。

说白了，只要菜品当中加入核桃元素都可以称为核桃宴。比如，在炖鸡的时候加一点核桃、炒菜的时候加点核桃、蒸米饭的时候加上红枣、核桃等等。最后，我们推出了核桃炖鸡、核桃炒鸡丁、琉璃核桃、烘焙核桃、孜然核桃、核桃米糕、核桃酥、核桃山谷大丰收等十余款畅销菜。

核桃宴一经推出，就深受当地消费者的欢迎，来尝鲜的顾客更是络绎不绝。当时，费县知名的微信公众号全都转发了核桃宴的信息，有人说核桃宴几乎刷爆了大家的手机屏幕。最火的时候，好多朋友都需要托关系预留餐桌。火爆程度，可见一斑。

在众多核桃菜品种中，给我印象最深的有两个菜品：一个是炒核桃花，一个是仁肉包子。

很多人只知道核桃结果，但不知道核桃也会开花。其实，核桃不仅开花，而且核桃花还能做菜。一般需将核桃花在凉水里浸泡半天，开水焯烫五分钟左右，再用水漂洗一次，把水沥干净。在腊肉准备起锅时，放入核桃花翻炒一分钟，一盘香喷喷的核桃花炒肉就出锅了。腊肉肥而不腻，核桃花香味浓郁，让人回味无穷。如果是凉拌核桃花，只需将适量花椒、辣椒、姜、蒜、葱、红油、味精等调料放入清洗沥干的核桃花中即可，非常爽口。

另一个菜是仁肉包子，取“人肉”的谐音，当然只是博君一笑。这个菜自然更简单，在常规肉包子里面加一点核桃仁和核桃花即可。据考证，核桃花富含人体所需植物脂肪油，主要成分为亚油酸、油酸、亚麻酸的甘油酯，并富含蛋白质、碳水化合物、维生素 C 和维生素 B，具有补脑、清心明目、定喘润肠之功能。可以说，“仁肉包子”是老少皆宜的一道菜品。

网上有一段话非常受追捧：江小白卖的是故事，海底捞卖的是服务。我想，核桃宴更多的是一种创意。

通过对核桃宴系列菜品的开发，不仅吸引了更多的游客和消费者到村里来，无形之中也提升了“核桃山谷”的品牌形象。在我心里，核桃峪村支撑着“核桃山谷”品牌的发展，而“核桃山谷”品牌又提升了核桃峪村的形象，两者相辅相成，彼此成就。

核柿树

随着核桃宴系列菜品的顺利推出，及市场反应良好，“核桃山谷”品牌“吃喝玩乐”四个方面的布局已基本实现。其中，吃喝方面有农家乐的核桃宴系列菜品和礼盒装的土特产，玩乐方面有文玩核桃和乡村旅游。

后来，我又冒出一个想法，将核桃树和柿子树进行嫁接，培育一款盆景“核柿树”：树上同时结出核桃和柿子。想象一下，一棵结满核桃和柿子的盆景摆放在庭院里、客厅里或书桌上是多美好的景象。“核柿树”既能装饰环境，提升档次，又与“合适”谐音，具有美好的寓意。如果这个想法能够实现，不仅能提升“核桃山谷”品牌的形象，还能增加群众收入。

其实，这个想法源于入户走访中的观察。无论是小贤河村，还是核桃峪村，都有一些能工巧匠喜欢在家里摆弄盆景。有松树、银杏，还有榆树等品种，或取自本地山上，或从外地带回，经过多年细心培育和雕琢，形成树叶茂密如林、枝干婀娜多姿之态，如果再搭配几块精致的山石，那种含蓄、朦胧的美好意

核桃嫁接图

境就会得到进一步提升。

事不宜迟，说干就干。我把这个想法告诉了村里喜欢摆弄盆景的乡亲们，希望听取大家的意见建议，更希望得到大家的支持。

大家对“核柿树”的创意很感兴趣，但是都没有将核桃树与柿子树嫁接在一起的经验，更没有把核桃树做成盆景的信心。

不怕困难和问题，就怕不去想办法。

针对培育“核柿树”盆景的问题，我及时联系了当地果业专家进行咨询，得到了较为专业的解答。首先，关于嫁接的问题。无论是柿子树还是其他树种，嫁接时一般选择亲缘关系较近的同种作砧木，因为亲缘关系近的树之间嫁接亲和力较强，嫁接后成活率较高。不同树种之间一般亲缘关系较远，成活率比较低。其次，关于盆景的问题。核桃树做盆景有较大困难，主要原因是核桃树在树皮破损时容易产生伤流，可做盆景离不开整形，整形又免不了对树皮的损伤，这个矛盾不好调和，所以选择核桃树做盆景的不多见。

通过专家解释和网上查询可知，核桃树和柿子树嫁接在一起存在一定困难，核桃树做成盆景的难度则更大。虽然有难度，但专家也没有完全否定，只要有一线希望就要去努力尝试。

当前存在的问题是，现有的技术和经验远远达不到培育“核柿树”的要求。而且，仅仅是尝试把核桃树做成盆景，至少也需要2—3年的实验期，没有哪位群众愿意把这么多时间和精力浪费在一项实验上。

虽然遇到了暂时的困难，但是我一直没有放弃“核柿树”的想法。我坚信，总有专业人员能克服上述困难，培育出“核柿树”，只是我们相遇的机会还没有到来。

后来，在一次朋友聚会时遇到了一位农业专家，我便借机提出“核柿树”的想法。没想到他十分吃惊：第一书记怎么会对这方面感兴趣，而且还提出了一个专家正在攻关研究的课题。

看到他吃惊的样子，我觉得里面一定有文章，或许还能以他为突破口，取得实质性的进展。我便简单地把情况做了介绍，便迫不及待地向他请教。

这位专家本身并不研究这个课题，但是他们单位有同事正在研究“核柿树”，而且据他了解，应该很快就出成果了。

让人高兴的是，这项工作有专家正在做，而且马上就要培育成功了；让人遗憾的是，当时这个课题还处于保密阶段，暂时没法帮我引荐。

虽然暂时没有机会见到专家，进一步学习相关知识，但好在有人正在做这方面的工作。无论什么单位、哪位专家培育成功“核柿树”，最终都要投入市场，也终将会造福于民。我相信，某天一定会见到“核柿树”，核桃峪村也一定会长出“核柿树”。

山东核桃山谷农业发展有限公司

2016 年 8 月 20 日，马庄镇第三届核桃节在核桃峪村核桃广场开幕。活动本着“节会搭台，经贸唱戏”的原则，既为父老乡亲献上了精彩的文艺演出，又为经营核桃的商家牵线搭桥，把优质的核桃销往全国各地。

核桃节从第一届发展到第三届，节会活动不断丰富和完善，这届核桃节除了传统的核桃评比大赛、手工艺产品展示，还有几个环节让我印象深刻：一是增加了柳琴剧文艺演出，极大地活跃了现场气氛；二是增加了文玩核桃展台，“新玩意儿”吸引了不少人围观和讨论；三是增加了核桃工艺品，山核桃做成的“一帆风顺”帆船、小核桃叠加成的“镇宅”葫芦等，让父老乡亲大开眼界。

当然，这届核桃节上最让我难忘的还是核桃广场入口处旗帜上的几个字：山东核桃山谷农业发展有限公司。人山人海的核桃广场上密密麻麻地分布着几十个参展柜台，但山东核桃山谷农业发展有限公司的标旗却是最

山东核桃山谷农业发展有限公司参展

显眼的。这是“核桃山谷”品牌首次以公司的形象亮相，从某种意义上讲，它标志着“核桃山谷”在品牌化、标准化、规范化道路上迈出了更坚实的一步。

随着新闻媒体对其宣传报道的不断扩大，“核桃山谷”品牌的知名度和销量都有了一个明显的提升，这些变化我是看在眼里、美在心里。核桃山谷农业发展有限公司负责人吕东的家人曾私下跟我说过，他们都惊讶于吕东的转变。大家心里清楚，吕东对这个见证自己青春的店铺感情之深厚，对这个承载家庭梦想的店铺发展之用心是有目共睹的，可谁也没想到她会甘心将店铺“改头换面”，将专业合作社变为农业公司，而且对今后的发展有如此坚定的信心。

这一切，同样也让我惊讶。

北京大学张维迎教授有一本书叫《理念的力量》，讲的是社会的发展、商业的发展、思想的发展，以及一个人的发展都是理念改变的结果。当你的理念指向哪里的时候你就会走向哪里，你就会凝聚全身的力量为实现目标而努力奋斗。从合作社到公司，表面上它仅是一个名称的变更，其实更多的是内在的经营理念的变化，未来的变化将体现在公司的发展规划、品牌运作、市场开发及更长远的发展上。

有时候我也会想，理念如何而来呢？其大抵来自三个地方：一是读书思考。中国有句古话叫“读书破万卷”，只有努力阅读各种各样的书籍，其中的不同观点才会碰撞出新的理念。二是行走观察。接上句话“读万卷书，行万里路”，不做“井底之蛙”，到先进的地方学习经验，也到落后的地方去寻找原因，思路开阔了就会有新的理念。三是与人交往。我们常说：“三人行，必有我师焉”，“三百六十行，行行出状元”，多向积极进取的人、向各个领域的专家学习请教，一定会受益匪浅。

读书、外出、交流，是三种“廉价”的创新理念的方式，对于城里人来说，任何一种方式都有多种渠道而且能轻而易举地获得，但是对于农村的父老乡亲来说，任何一种渠道都有一定的难度，甚至是一种奢望。担任过第一书记的同志应该都会有一个体会，那就是农村贫困既有基础薄弱、交通不便、管理不善等原因，也有思想理念保守的原因。所以，这几年我的工作很大精力都放在了精神扶贫、理念创新方面了。

让人欣慰的是，这几年村里各方面的变化，特别是群众理念上的变化，不仅仅体现在了移风易俗工作上，而且在土地流转、核桃嫁接改良、合作社变更公司等方面都是理念变化的体现。

第一书记不会永远留在村里，但是希望第一书记的工作能够为父老乡亲叩开新理念新发展的大门，大家能够沿着这条路继续解放思想，在实现小康致富的路上持续奔驰。

挂职书记与“挂枝树鸡”

核桃峪村的主导产业是核桃，单一的收入来源成为群众脱贫致富的瓶颈。如何围绕核桃产业提高群众收入，成为摆在第一书记面前的一个课题。

在研究核桃产业时我偶然发现，核桃林下的空间非常适合养鸡：一是鸡可以除草杀虫，节省人工劳力；二是鸡粪可以育树，天然无公害；三是核桃不怕鸡啄，不会破坏核桃卖相。另外，村民一直有散养草鸡的习惯，如果将核桃种植和散养草鸡结合到一起，或许能找到一条适合核桃峪村脱贫致富的好路子。

任何产业的发展，首先要考虑销路。脱离了销路，就是理想化、不现实的“唯心主义”。据考察，临沂本地就拥有巨大的市场。炒鸡深受当地群众和外来游客的欢迎，这为我们落实想法奠定了坚实的基础。

为了摸索经验，我先与核桃峪村党员陈庆后小规模试点，在他承包的核桃园下散养了1000只草鸡，没想到十个月后销售获利就超过了2万元，效益十分可观，这也进一步增强了我们发展林下养鸡的信心。

在我的鼓励引导和陈庆后的带头示范下，村里慢慢发展了3家养殖基地，总量超过3000只。为了实现科学养殖，我们又先后协调畜牧、防疫等部门，定期到基地指导工作。同时，与多家酒店达成合作协议，确保成鸡销售。在大家的共同努力下，村里逐步形成了一项专业化、规模化、产业化的扶贫项目，有效地增加了群众收入。

为了能规范发展和提升附加值，我们注册了自己的品牌“挂枝树鸡”，品牌创意主要来自以下三方面：一是草鸡日常栖息于核桃树上，远远望去就像挂在树上，品牌名称也是对其日常生活状态的形象描述；二是“挂枝树鸡”与驻村挂职书记谐音，有助于加深消费者的记忆和宣传策划；三是区别于市场上的普通肉食鸡和草鸡等常见种类，突出产品优势。为了提高品牌知名度和识别度，我们又在百度百科创建了“挂枝树鸡”词条，进一步方便消费者了解这个扶贫项目。

“挂枝树鸡”

作为村里的挂职书记，我亲自为“挂枝树鸡”品牌代言，同时借助互联网电商平台，积极拓宽产品销售渠道。出于对挂职书记的信任和“挂枝树鸡”品牌的好奇，

2016 年中秋节和国庆节期间，电商平台首次销售就实现了 1000 只的目标，取得了意想不到的效果，逐步赢得了市场的认可，也坚定了我们进一步做强项目的信心。

“挂枝树鸡”玩偶

随着品牌影响力的不断扩大，中央电视台财经频道《生财有道》栏目多次进村采访报道“挂枝树鸡”项目。借助央视宣传平台，“挂枝树鸡”就像插上了翅膀一样，知名度迅速扩大，销量也大幅度提升，群众从中得到了更多收益。

为了推动“挂枝树鸡”品牌不断做强做大，我们成立了费县“挂枝树鸡”畜禽养殖专业合作社，建立了“挂枝树鸡”标准化养殖基地，组织贫困户抱团发展，建立扶贫联动机制，带动更多群众脱贫致富，实现了社会效益和经济收益的双丰收。

经过近两年的发展和观察，“挂枝树鸡”品牌具有了投资少、风险低、回本快、收益高等特点，是经过实践检验的可复制、易推广的扶贫项目，也得到了众多帮扶村群众的认可。“挂枝树鸡”项目逐步从费县地区走向了省内其他地市，全国各地不少养殖户也来咨询合作事宜。

2016 年 10 月 27 日，“挂枝树鸡”品牌第一次走出费县，落户山东省济南市历城区柳埠镇大峪村和宝峪村，这是临沂市与济南市首个精准扶贫合作项目。

2017 年 4 月，“挂枝树鸡”品牌与山东极贝尔生物科技有限公司签订合作协议，将纯天然南极磷虾粉作为饲料，推出了天然健康的“磷虾蛋”，打造“挂枝树鸡”品牌的延伸品。

通过“挂枝树鸡”扶贫项目，我们进一步认识到：一是要因地制宜，因村施策，找到适合当地脱贫的有效路径；二是要提前筹划销路，为群众解决后顾之忧；三是要设身处地地为群众着想，早预想、早防范，千方百计给予群众帮助和支持。

集体养鸡的“成本”

按照最初规划，林下养鸡项目先由村集体小范围试点，如果成功，再扩大养殖规模。这样既能解决村集体的收入问题，也能有效地调动村“两委”干部的工作积极性。

然而，“理想很丰满，现实很骨感”。这几年的驻村经历让我对这句话有了更深刻的体会。林下养鸡项目就是一个现实的案例，差一点让我们“血本无归”。

陈庆亮书记是一位非常想干事、能干事的老支部书记，我的很多想法都得到了他的鼎力支持，很多工作也是在他的全心付出和积极协调下才取得理想的成效的。村集体发展林下养鸡项目也得到了他的充分认可，这让我非常高兴，使我仿佛看到了成功的希望。

村里的工作节奏相对较慢，我怕这事稍微一放松就黄了，所以趁着陈书记的热乎劲，赶紧找他商量下一步的工作计划，比如鸡场选址、费用预算、管理人员、收益分配等等。

对于这个“理想”的项目，大家都抱有极大希望，一腔热血迅速进入工作状态，很快就选定了几块合适的林地作为鸡场，根据群众养殖经验也初步推选了鸡场管理的候选人。眼看项目一步步地向前推进，目标也离我们越来越近，大家的热情也是越来越高。

核桃峪村林下经济示范基地

大部分问题顺利解决之后，

工作重点就转入了成本核算。当时，我们总共为这个项目准备了5万元经费。大家坐下来细细一算，大体支出如下：

挂枝树鸡基地散养情况

1. 硬件设施费用，鸡场占地补偿、购买鸡场栅栏、解决电力和饮水问题、管理员宿舍及仓库、鸡舍建设等。

2. 养鸡费用，购买1000只鸡苗（鸡苗约5元一只）、鸡饲料、疫苗防疫、鸡苗意外死亡、人工费用等等。

3. 销售管理费用，低价销售、成鸡“丢失”、“人情”鸡及运输成本等等。

计算后发现，仅前两项的费用就超过了10万元，已经远远超出了我们的预算。假设投放1000只鸡苗纯利2万元，需要用5年的时间才能收回成本。如果再考虑不可控因素，收回成本的时间可能更长。

经过村委开会商议，我们最终决定放弃集体养鸡的项目，虽然心里非常遗憾，但我们必须接受现实。

除了经济成本超出预算，我更担心社会影响的成本。社会影响的代价不能简单以经济指标来衡量，它的破坏力更不是用金钱就能补救的。

以集体养鸡为例，如果项目落地却以失败告终，经济上损失的最多就是5万块钱，大不了自己掏腰包弥补损失，但是它的负面社会影响有多大呢？我可能总结不全面，但至少会有以下几方面：

首先，会给党员干部干事创业的积极性带来极大的打击。大家齐心协力拧成一股绳，费心费力又费钱，最终结果却是亏损，甚至半途而废成为烂尾项目。这种打击对于创业初期的人来说，无疑是致命的。

其次，村里群众会质疑村“两委”带领大家脱贫致富的能力。一个连规划、预判、管理等工作都做不好的带头人，怎么能让大家相信并跟你一起脱贫致富呢？“家财万贯，带毛的不算”，怎么再能让父老乡亲对一些不懂常识的干部寄予厚望呢？

再次，将给第一书记未来的工作带来极大的不利影响。作为单位派驻费县第一书记工作组中最年轻的成员，本身就顶着巨大的压力，如果将来村开展的第一个扶贫项目就办砸了，也正应了那句“嘴上没毛办事不牢”的老话，未来一年的工作又将怎么开展呢？

因为成本原因，集体养鸡项目最终没有落地，但是我们从中总结了很多经验，吸取了一些教训，这为后期很多帮扶项目的顺利开展奠定了基础。

理想与现实

虽然放弃了村集体试点林下养鸡的计划，但我还是非常看好在核桃林下养殖的扶贫项目，要不然村里这么大的林下面积就白白浪费了。

一条路走不通，其他路未必不能走。驻村工作的一大乐趣或许大抵如此吧。不断地冒出问题，不断地战胜困难，不断地考验智慧，不断地收获成长。

通过商议，我们将村集体养殖改为补贴个人林下养殖。大体思路是：根据群众的养殖规模给予一定的经济补贴，比如一只鸡苗补贴 10 元钱。这种方式既能调动养殖户的积极性，将激励与约束、收益与风险相结合，又能避免集体养殖的高成本和潜在问题。

对于村里的各项工作，我们一般是先召开村干部会议，再召开党员干部大会集中讨论，必要时还会邀请群众代表参与。这么做，一是落实农村工作“四议两公开”的有关要求，实现工作的规范化；二是提高村务工作的透明度和群众的参与度，充分倾听大家的建议，提高决策的科学性和可行性。

陈怀功与闵超合影

针对这个问题，我们召开了村“两委”会议，大家一致同意补贴方案，而且当场就有村干部积极表态愿意参与试点，这也极大地提升了我们的信心。

党员大会和群众代表会议进行得也非常顺利，大家既对“林下养殖”这个新鲜词感兴趣，更对经济补贴充满期待。为了让大家心里更踏实，我们邀请陈庆后到会场给大家传授林下养殖管理经验，核算养殖收益情况。作为带头人，陈庆后当场表示，如果大家养殖后不好销售，他可以以每斤高出市场价 0.5—1 元的价格进行收购，再利用自己的渠道代销，或者拿到自家的农家乐饭店消化，以消除大家的后顾之忧。

便利的林下条件、成功的试点经验、优惠的补贴政策，现场村民跃跃欲试，表现出强烈的致富欲望，当场就有十余户村民报名尝试。我们也抓住机会，鼓励引导试点。为稳妥起见，我们给大家留出时间和家人商议，毕竟任何投资都有风险，头脑一热做出决定，一旦亏损就会引发家庭矛盾。

正如我们所料，大家回家商量后冷静了下来，这种冷静让我们有些不知所措：先前十余户意向强烈的村民无一反馈。无奈之下，我又主动联系大家，均被以“家人不同意”“家里经济条件不允许”等理由委婉拒绝。当时我心里有一种从天堂跌入地狱的感觉，同时也为林下养殖项目找不到合适的人选而难过。

我是一个不愿轻易服输的人，在个别事情上甚至有些倔强，看好的事情一定要争取完成。着急、焦虑、不满等情绪最终还是被理性战胜，我重新梳理思路，寻找切入点继续推动林下养殖项目的开展。

虽然大家有各种拒绝的理由，但通过仔细观察和分析，我发现也有个别村民表现出了犹豫，我认为对这几个人可以尝试去沟通，说不定就可以争取过来。陈怀功（陈庆卫的父亲）就是其中之一。经过不懈努力，我最终做通了他的工作。

陈怀功是村里的老党员，也是核桃峪大湾自然村的村委干部，为人本分厚道，工作踏实可靠，在村里具有较高的威望和良好的口碑。由于多种原因，家庭较为贫困。针对他家的实际情况，我多次上门沟通，承诺落实经济补贴、协助防疫及销售等，努力做好他和家人的工作。经过多次协商，最终，林下养殖项目在他家成功落地。

从开始有十余位村民主动申请，到最后努力争取的一户家庭同意承担项目，中间经历了较为曲折的过程。回顾整个过程，我认为，有的人申请试点项目，但并非真的想养鸡，只是盯上了项目补贴；而有的人则想利用家里现有的几十只鸡直接套取补贴。针对这些情况，我们都坚决予以拒绝，这既是为了维护政策的公平性和严谨性，也是为村里营造良好的干事创业环境。

“种”虫子

为了控制饲料成本，同时确保绿色养殖，我还曾尝试过用传统办法养虫蛆喂鸡。因为要挖坑掩埋，所以我戏称这种方法是“种”虫子。

虫蛆含有丰富的营养物质，是一种优质高蛋白动物活体饲料。据资料显示，虫蛆中蛋白质含量高达 62%。人工育虫喂鸡是确保鸡摄取动物蛋白含量的最好办法。而且，这种方式可就地取材，简单易行，生产周期短，原料来源广。经过进一步了解，仅人工育虫的办法就有十余种，比如，稻草育虫法、鸡粪育虫法、豆饼育虫法、花生饼育虫法等。

从干净卫生和方便快捷的角度考虑，我首先排除了粪便育虫法。结合现有的条件，最后确定了用稻草育虫法和花生饼育虫法做实验。

费县南部山区盛产小米，所以稻草在当地比较常见。通过在网上查询得知，稻草育虫法并不复杂，要求也不高，只要有耐心，基本上都可以培育成功。具体方法如下：将稻草铡成 3—7 厘米长的碎草段，加水煮沸 1—2 小时，埋入事先挖好的长 100 厘米、宽 60 厘米、深 30 厘米的土坑内，盖上 6—7 厘米的污泥，然后用稀泥封平。每天浇水，保持湿润，8—10 天便可生出虫蛆。扒开草穴，驱鸡自由觅食。据资料介绍，一个这样的土坑，育出的虫蛆可供 10 只小鸡食用 2—3 天。此法可根据鸡群的数量，来决定挖坑的多少。虫蛆被鸡吃完后，还可再盖上污泥继续育虫、喂鸡。

由于处于实验阶段，“种虫子”的事暂时不能告诉别人，我就在宿舍里偷偷摸索。值得一提的是，我所住的宿舍就能满足上述一切条件。驻村期间，单位为第一书记宿舍安装了土暖气，锅、炉、煤炭等设备一应俱全。天暖和后，设备就闲置下来了。当时，宿舍还有一个十余平方的小院，小院里有一个闲置的小花园，经我简单“改造”后便成了试验田。

然而，事与愿违，我的第一次“种虫子”以失败而告终。看着满地狼藉，心里虽然失望，但也早有准备，探索尝试哪能这么轻易成功啊！通过反复查阅资料和认真总结，我发现问题出在温度和湿度控制方面。原来，温度、湿度、时长跟季节有较大关系，要根据季节的变化进行调整。由于经常外出，以及偶尔迫不及待地提前扒开土堆查看进展，致使各方面的管控不符合育虫要求，才导致了失败的结局。

麸皮、谷糠等饲料

后来，经过反复实验，我终于培育出了第一批虫子。当看到虫子出来以后，我兴奋地给它们拍照留念，又赶紧用土盖上，生怕它们“着凉生病”。每当想起这件事，心里都会自嘲道：这哪是给鸡培育饲料，简直就是在养孩子啊！

除了稻草育虫，我还试验了花生饼育虫法。

费县土特产丰富，花生是其中之一。因此，费县境内分布着许许多多的小油作坊，作为下脚料的花生饼唾手可得。此外，这种育虫方法还需要黄豆和猪血，只要在附近的集贸市场上溜一圈就齐全了。根据网上的指导，花生饼育虫法更简单：黄豆 0.5 千克，花生饼 0.5 千克，猪血 1—1.5 千克，将三者混合均匀，密封在水缸中，在 25℃左右的条件下，经 4—5 天便开始出现虫蛆，而且虫蛆量逐日增多，可供 50 只鸡食用。这种虫蛆个体大，富含蛋白质及维生素，营养丰富，易被鸡消化和吸收。

为了实验，我宿舍里的水桶已被改装成了水缸；为了保温，水桶夜晚都被存放在我宿舍里；为了成功，我有一周时间不敢做外出工作的计划。

或许是吸取了稻草育虫法的教训，或许是这次准备得更充分，花生饼育虫实验非常顺利。让我印象最深刻的不是看到白白胖胖虫蛆的那一刻，而是打开密封盖后窜出来的酸腥味，直往鼻子里钻，大有“余味绕梁三日不绝”的意思。

虽然两次实验都成功地培育出了虫蛆，但是出蛆量非常少。即便在后期不断完善技术，改进措施，也很难满足一个规模养殖场的需求。而且，成本也不低。因此，要将育虫养鸡的想法在养殖场落到实处几乎是不可能的。

当我把培育出来的虫子带到养殖基地的时候，并没有引起大家的兴趣。原来，养虫子的技术大家都多少了解一些，这在农村根本不稀奇，“在鸡场里泼一点米汤，过几天就能生虫子”，大家随口就说出了一种更简单的方法。

虽然大家对此并不积极，但对于我来说却有一种强烈的成就感。不在于培育结果和后期应用，至少我从中体验到了参与的快乐，也体会到了成功的不易。

很多人说，农村苦农村累。说实话，在农村，很多方面确实比城里差，但是农村也有城里体会不到的新鲜和快乐。我在农村生活了二十年，可依然对农村充满了好奇和向往。或许正是出于这份留恋，我在费县三年的驻村生活充满了幸福和快乐。

庆卫买车记

陈庆卫一家是核桃峪村典型的精准识别贫困户：母亲70岁，前些年治疗腿伤花去7万余元，至今无法参与重体力劳动；父亲72岁，在东北打工30年，由于年龄原因返乡打工；陈庆卫46岁，与父亲在东北打工多年后回家务农。

2015年2月份，我来到核桃峪村后，结合村里核桃林下闲置空间和群众家庭散养草鸡的习惯，带领一名党员（陈庆后）试点发展了林下养鸡，并注册了“挂枝树鸡”商标。1000只“树鸡”一年便获利2万余元，取得了非常好的经济效益，而且通过试点养殖总结了一些经验。

经过积极引导，陈怀功、陈庆卫父子表现较为积极，但始终未能下定养鸡的决心。经多次沟通后我了解到，他们的顾虑主要集中在以下几个方面：一是缺少启动资金，家庭本身就有外债，实在没钱投资；二是缺乏养殖技术，常年在外务工，对养殖并不专业，防疫等方面毫无经验；三是担心养鸡风险，俗话说“家财万贯，带毛的不算”，他们家没有抵御风险的能力；四是担心销售问题，庆卫一家老实本分，缺少人脉资源，也不擅长跑业务。

庆卫驾驶20年前的三轮车送货

明确了问题后，我们就逐个突破。首先，协调经费为试点贫困户发放补贴，解决启动资金问题；其次，邀请县畜

庆卫新买的七座商务车

牧局、林业局的专家担任技术顾问，解答养殖户遇到的问题；再次，协调卫生防疫部门定期到现场指导工作，降低养殖风险；最后，联系当地酒店、电商平台等渠道解决成鸡销售问题，打消养殖户的顾虑。

经过一年的努力和各方支持，庆卫家养殖的1000只“树鸡”在中秋节和“十一”假期销售一空。当年，我们与济南市历城区大峪村、宝峪村建立联动扶贫机制，在两个村子建立了5家“挂枝树鸡”养殖基地，累计投放鸡苗5000余只。庆卫抓住这个机会，一边向济南养殖基地供应鸡苗，一边通过合作酒店、电商平台销售成鸡，经济收入稳步提升，家庭条件得到明显改善。

2016年10月底，庆卫淘汰使用了20多年的农用三轮车，购买了一辆7万多元的商务轿车，圆了自己的汽车梦。庆卫刻意在汽车后视镜上挂了两根红绳，寓意生意红红火火，生活吉祥如意。

庆卫的新车停放在家门口，靠近村里“内环路”的主干道，细心的庆卫还在停车的上方挂了遮阴网，夏天防日晒，冬天防雪压。每次路过他家门口，看到崭新的商务车，都会由衷地为庆卫感到高兴，这就是“幸福都是奋斗出来的”。

起初，听说庆卫要买车，我还想去阻拦，一是觉得事业刚起步，应该把资金用来扩大养殖规模，二是担心他挣钱后出现浮躁情绪，影响未来的稳定发展。后来转念一想，买新车也有积极的影响，一是证明努力奋斗就会有收获，可以为其他贫困家庭树立榜样；二是可以坚定庆卫的发展信心，有利于下一步更好地发展；三是能够提升庆卫的自信，为下一步开展业务打下更好的基础。后来证明，这辆车既提高了一家人的生活质量，也方便了他生意上的对外联络。

经过积极引导，村里又发展了3家规模过1000只鸡的基地，还有部分家庭小规模跟进试点养殖。济南、临沂等地的多个商家已与“挂枝树鸡”品牌达成合作协议，有效解决了养殖户的销售问题。

扶贫并非一味地投入，更重要的是鼓励、激励和引导。通过庆卫一家发展林下养殖脱贫致富的故事，我思考和总结了以下几点：一是要充分结合村情村况和群众的承受能力，探索脱贫致富的路子；二是多站在贫困户的角度考虑问题，采取积极措施打消他们的顾虑；三是强化激励和引导，帮助大家树立脱贫致富的信心。

“挂枝树鸡”巡游队

陈怀功、陈庆卫父子两人在发展林下经济方面非常用心，较短的时间内就基本学会了饲料配制、鸡苗防疫等日常管理知识，在大家的帮助下，销售也非常顺利，特别是中秋节、十一等节假日，产品销量非常大，收益非常好。

我们在形容小山村的时候，经常会用到“宁静”这个词，很大一个原因就是村里很少出现引人关注、轰动一时的事情。当时，庆卫使用农用三轮车频繁往外卖鸡的事情，就打破了小山村的“宁静”，引起了大家的关注和讨论：一是谁也没想到这家贫困户养鸡成效这么显著，二是大家心里也产生了羡慕之情。

齐尚电商运输“挂枝树鸡”的车

我观察到，庆卫卖鸡的时候，经常会有村民远远地眺望，还有的群众会站在屋顶上关注着庆卫的一举一动，眼神中夹杂着疑惑和羡慕，心情想必也是复杂的。

有群众关注是好事，有人羡慕更是好兆头。有种心理叫“从众”，于是我们就从心理学角度出发，积极因势利导，努力创造机会，争取让更多的群众走上林下养鸡致富的路子。

发现群众关注度提高后，我和庆卫商量，以后贩鸡出村时不要直接到主路，改为先穿过村里的中心路，再到出村的主路。这样虽然多走一两百米的路程，但是可以让更多的群众看到养鸡的成效，切实感受到庆卫一家发生的巨大变化。我的想法得到了庆卫的认可和支持，再后来，不光庆卫贩鸡出村的时候会绕到村内主路，就连合作方来基地买鸡也会在村里多绕半圈路。所以，大家开玩笑地将运输车戏称为“挂枝树鸡巡游队”。

村里每每出现“巡游队”的时候，总少不了街坊邻里的观望，他们有的站在家门前，有的三三两两地站在路边，甚至有人还站在屋顶上，他们或讨论收益，或观察动态，各有算盘。

庆幸的是，我们的工作取得了成效，居住在主路旁边的陈庆东也加入了发展林下经济的队伍。庆东是建筑队的包工头，脑子灵活，也不缺钱，看到邻居通过养鸡挣钱，就想到自己家里闲着的一片核桃林地，可以零散地养一批鸡，虽然规模不大，但总能补贴家用。

“挂枝树鸡”项目虽然经过陈庆后的试点取得了成功，也在陈怀功、陈庆卫父子的支持下迈出了更加坚实的一步，但这与当初规划的目标还有很大差距。万亩核桃园这么大的林下面积，只发展两三家养殖户显然是不够的，我们后面的工作任重而道远，还需要继续下大功夫。

林下养殖项目之所以推动慢，主要原因在于群众认为投资大、风险高、经验少等。说到这里，我想到了一个问题，就是投资大小的标准问题。之前，我一直表示，两三万的投资是“小项目”，但这在群众眼里却是“大投资”。作为机关干部，我们没有失业风险，更没有亏损风险，两三万块钱也就是几个月的工资。但是，对于年均收入只有几千元的父老乡亲而言，需要多久才能攒够这两三万块钱呢？他们既要保障日常花销，还要存钱日后养老，同时还得以备急需。所以，两三万块钱对大家来说确实是一笔不小的费用。

生活的艰辛，让大家学会了谨小慎微。所以，我完全理解大家的选择，更尊重大家的选择。

“追”书记的老太太

随着“挂枝树鸡”项目在村里的影响力的逐步扩大，特别是庆卫的“巡游队”给大家留下了深刻的印象：卖得快、价格高、收益好，于是便有客户主动上门买鸡，这样，不仅节省了庆卫外出卖鸡的成本，更节省了大量的时间。

相对而言，其他群众卖鸡则面临着许多困难。虽然同样都是散养鸡，但是每家只有零星的几只，而且销售没有固定的时间和地点，所以一般不会有人专门过来买。如果拿到集市上去卖，往往卖不上价格不说，还要考虑时间和交通成本。对于留守老人来说，卖鸡更是难上加难。

最初，设计“巡游队”是为了扩大“挂枝树鸡”项目的影响，引导大家加入我们的养鸡队伍。但是，一次偶然“巡游”时发生的一件事，却让我陷入了深思。

快递公司从基地将“挂枝树鸡”拉走

因国庆节前夕是“挂枝树鸡”的销售旺季，合作方来村里收鸡的频率明显提高，隔几天就会来一次，每次都要买走百余只。面对这种状况，村民们看在眼里，痒在心上。

有一次，合作方贩鸡的车返程“巡游”到村委门口时，后面传来了一阵阵急促的声音："前面的车等一等""前面的车等一等"……

我有个习惯一直坚持着：合作方每次来村里买鸡，我只要没有特殊情况都会全程陪同。一是对合作方的尊重，二是及时了解市场行情，三是不断摸索总结经验。

这一次，我陪同合作方装完鸡、算好价、结完账后，同样在村委门口礼送合作方返程，正好听到了远方急促的呼喊声，而合作方在车里可能没有听到声音，一踩油门就开车走了。

起初，急促的声音让我心里咯噔一下，担心是村里出现了什么突发事件。听到呼喊声，我赶紧顺着声音的方向找到了刚才喊话的老人，那是一位 70 多岁的老太太，她正推着独轮小推车快步朝我赶来。看到这阵势，我赶紧向前迎去。

来到跟前，还没等我开口，老太太就开始一个劲地埋怨我：紧赶慢赶跑过来，拼了命地喊你停车，最后还是没赶上。看着老人满脸的焦急，虽然不知道发生了什么事情，但心里还是产生了一丝愧疚，生怕给老人耽误了急事。

我迅速打量了一下身边的老太太，看她面前停放的小推车上放着两个蛇皮袋，里面鼓鼓的好像装了什么东西。我快速分析并初步判定应该没有太大的问题，便一边安抚老太太，一边询问事由。

老人性格直爽，语气中带着无奈，还在不停地埋怨。

原来，老人近期着急用钱买药，想卖几只鸡换点钱，但是她年龄大了，不方便去赶集。正在为难之际，她想到了村里经常有来收鸡的车队，所以，她没事就坐在村口等着。今天，终于等来了机会。合作方的汽车一进村，她就赶紧回家抓鸡，再装进袋子，并进行捆绑，然后推着小车马不停蹄地向村委路口赶来。但毕竟她年岁大，动作不灵活，又是一个人忙活，等各项工作都完成后，汽车正巧离开村子，于是就发生了刚才的一幕。

听了老人的解释，我赶紧给合作方打电话，把情况复述了一遍，商量能否再多购买几只鸡，帮老人解眼前之急。合作方很痛快，立刻掉头回来，并以高出市场行情的价格把老人带来的两袋鸡（10 只）全部买下。

当天，不少村民聚在村口聊天，正好看到了老太太推小车追过来的一幕，就经常拿这事开玩笑说，老太太“追”书记。玩笑归玩笑，好在老人的问题得以顺利解决，但我也通过这事进行了反思。

驻村初期，满脑子想着干一番“大事业”，却忽略了身边的一些“小事情”。等静下心来才发现，凡是涉及群众切身利益的事情，都是我们工作中的“大事业”。

“挂枝树鸡”“触电”

“挂枝树鸡”项目试点初期，我们就布局了销售渠道，合作方既有费县本地的农家乐，也有临沂市区的大酒店，这两个渠道基本上就能消化当时的存量。但是，当下早已步入互联网时代，理应在电商平台上有所作为，这既是增加收入的渠道，更是未来发展的趋势。所以，我决定带领大家尝试一下新鲜事物。

对于大多数村民而言，开展电商销售可比养鸡难多了。首先，很多人根本不懂电商销售的概念。电商是什么“网”？怎么去“网”？这是当初大家抛给我的几个问题，可见大家的互联网知识极度匮乏。其次，几乎所有的养殖户都没有网络销售的经验。大家只是听说过年轻人在网上卖老家特产，但是如何卖、如何经营，却一窍不通。再次，就是产品的冷链运输和包装问题。生鲜产品需要专业的运输设备，对产品的外包装也有一定的要求，这些问题对于父老乡亲而言，几乎是无法理解的，更谈不上想办法解决。

对于近乎零基础的养殖户，短期电商培训很难出效果，所以，我们果断放弃了这条路子，转为寻找有经验的电商平台进行合作。巧合的是，我们单位第一书记工作组帮扶的另一个村子，刚刚引进了一家电子商务公司。

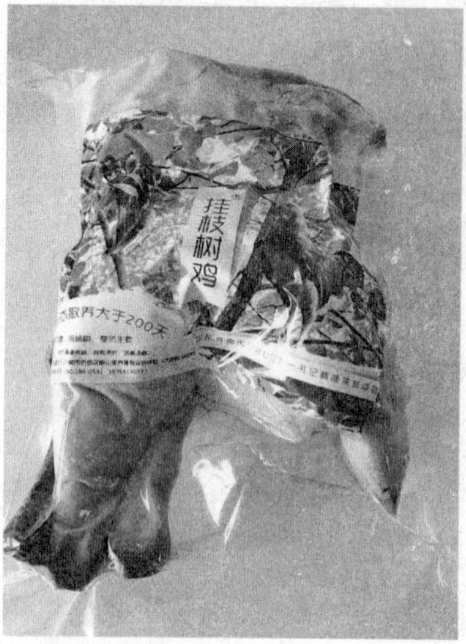

挂枝树鸡内包装

齐尚商贸有限公司成立于2014年，是费县第一批电子商务公司，在互联网销售平台有较为丰富的经验和资源。2015年10月，齐尚商贸有限公司投资1200万元在芍药山村建厂，公司总部也随即迁到此处。

闵超，80后，地道的费县人，齐尚商贸有限公司负责人。同为80后，加上第一书记帮扶村这个缘分，我们交流起来非常顺畅。在“挂枝树鸡”项目遇到网络销售困惑的时候，我第一时间就想到了他。

当我向闵超提出请他帮忙在电商平台销售“挂枝树鸡”产品时，他毫不犹豫地同意了，还提出了很多好的建议：一是无需新建网店，把“挂枝树鸡”产品挂到齐尚电商平台即可，这样既能节省构建网店的时间，还能共享现有的客户资源；二是生鲜食品注重保鲜，在加冰块的基础上，还要注意发货时间的技巧，比如，傍晚或晚上发货可延长冷冻时间；三是提前做好货源储备，防止节日集中销售发生断货问题，引起顾客不满，甚至是投诉，影响网店和产品的信誉。

除了好的建议，闵超还在其他方面给予我们大力支持：一是以每斤高于市场价1元的价格收购“挂枝树鸡”产品；二是收货即结算，不拖欠货款，消除养殖户的后顾之忧；三是主动开车上门收购“挂枝树鸡”产品，尽量给养殖户提供便利。

令我们困惑的几个问题，瞬间就化解了。大家纷纷感慨道：专业的事就得交给专业的人干！

思路理清了，问题解决了，后面就是筹备“上网”了！为保证正式上线后顺利销售，我们前期先进行了测试，请亲朋好友购买体验，在这个过程中我们不断发现问题，积累经验，逐步完善各个环节。

终于，我们迎来了大考：2016年下半年的“双节”（中秋节和国庆节）。

为保障“双节”销售，我们提前邀请新闻媒体进行铺垫，介绍产品品质、购买渠道等信息；同时，提前做好货源储备；此外，还和快递公司做好对接，确保第一时间发货，保证“挂枝树鸡”产品的品质。

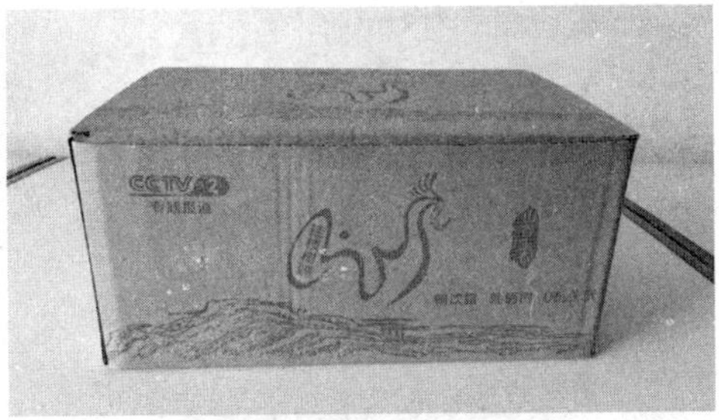

“挂枝树鸡”外包装

功夫不负有心人，“双节”第一天的销售额就突破了1万元！这个数额对于信誉高的网店可能不值一提，但是对于刚刚“上网”的新品来说，却是令人振奋的，养殖户也惊呼道：这个“网”咋这么厉害呢！

对于这样的成果，我要感谢闵超，感谢齐尚。同时，还要感谢我的家人、同事、朋友，他们一直默默地关心着我，支持着我，温暖着我。

挂职书记代言“挂枝树鸡”

过去，只是在电视上见过明星为产品代言，但没想到，我在核桃峪村还体验了一次“代言”。这次代言不但没有代言费，还一度让我提心吊胆。

有一次，我与闵超商议如何提升“挂枝树鸡”的销量。他建议以核桃峪村委的名义写一封推荐信，介绍“挂枝树鸡”的成长环境、生长周期、喂养饲料等信息，为“挂枝树鸡”背书，这样既能提升消费者的信任度，还能带动销量。

闵超做网店多年，积累了丰富的经验，而且善于把握网络销售的主流趋势，可以称得上是互联网销售领域的专家了。对于他的建议，我是非常认可

挂职书记为“挂枝树鸡”代言

和信服的。

可是，随着我们话题的不断深入，他提出了一个更大胆的想法：让挂职书记代言“挂枝树鸡”产品！

闵超认为，第一书记代言的产品更让消费者信服，而且，第一书记的身份更能吸引眼球，短期内能更好地提升人气。再者说，“挂枝树鸡”品牌不正是因为与“挂职书记”谐音而来吗？眼下，“挂职书记”代言“挂枝树鸡”产品再合适不过了！

虽然他说的都有道理，也可能有助于提升网店的销量，但是我心里却有些忐忑和犹豫。

驻村之初，我就给自己定下规矩：第一书记工作期间，要保证政治安全、经济安全、作风安全和人身安全。如果我为本村产品代言，会不会被人质疑为假公济私，收取代言费用，涉及经济问题？“做”者无心，“观”者可能有意，一旦被人捕风捉影，极有可能给个人、工作组，甚至派出单位带来不必要的麻烦。

安全，是一切工作的底线，任何事情都不能突破。

但是，在驻村工作期间，看着父老乡亲生活的艰辛，面对父老乡亲脱贫的期盼，我心里犹豫了。这并非不担当，而是有顾虑，担心不良影响。虽然现在公职人员为家乡特产代言成为风尚，但在我的印象中，那个时期还没有哪位第一书记或者公务人员为产品做代言。

我在和闵超交流的过程中，头脑中也在飞快地思考权衡。直接拒绝，可能让乡亲们错过一次收益机会；如果直接答应，多少还有些顾虑。经过慎重考虑，我决定代言“挂枝树鸡”产品。只要身正就不怕影子斜，不怕那些风言风语！

说干就干，主意拿定后，我就和闵超设计工作思路：拍摄“代言”照片、媒体宣传预热、网店上架销售。

提到拍摄“代言”照片，我可是费了不少劲儿，差点闹笑话。从小到大，我一直都害怕鸡。一想到毛茸茸、肉嘟嘟、热乎乎的鸡，浑身就起鸡皮疙瘩。无论是小鸡苗，还是大公鸡，我压根不敢接触，更别说去抓鸡了。可是“代言”照片设计的场景是：我站在林下养殖基地，怀里抱着一只大公鸡。这可把我难坏了！

但是为了乡亲们，我还是豁出去了，强忍着内心的恐惧，满鸡场里去抓鸡！好不容易抓到一只大公鸡，又按要求与养殖基地负责人陈怀功合影，可闵超一会儿说光线不好，一会儿角度不合适，一会儿又说表情不到位……时间和恐惧让我的内心在不断煎熬着，那一刻，我恨不得抓紧拍完照片，把大公鸡扔得远远的，再也不想和它有任何“亲密”接触了。

代言的照片随着新闻稿发出来了，一位朋友看到之后忍不住在电话中一顿“嘲笑”，说照片中的我有一种上前线“冲锋陷阵”的感觉。其实，那是内心恐惧的真实流露。

虽然过程有些曲折，但好在结果让人欣慰，“挂枝树鸡”产品的网络销量让人非常满意。

现在来看，不管是第一书记，还是挂职干部，甚至是地方领导都纷纷在为当地特产代言，这是服务意识的提升，更是执政理念的转变。对于工作，只要出于公心，不违反纪律，就应

与陈怀功一起推荐“挂枝树鸡”

该大胆地探索尝试。

兼职推销员

临沂炒鸡名扬天下，深受消费者的喜欢。只要到了临沂，无论是大酒店，还是农家乐，点菜必定少不了炒鸡。如果家里来了客人，一定会端上一盆炒鸡，要不然就是待客不周。在某种意义上，临沂炒鸡已经超越了饮食范畴，而成为一个品牌，一种文化。当然，对于养殖户来讲，则是巨大的消费市场。

养鸡之初，因销路早已盘算好，故销售压力并不算大。在实际销售过程中，我也一直充当着“兼职推销员”，暗中帮助养殖户推销产品。当然，在这个过程中发生了不少故事，也让我体会到了不少心酸。

为了打开更大的销售市场，也让省城的消费者品尝到优质产品，经朋友介绍，我和济南一家连锁酒店的采购经理取得了联系，并按照其要求带了样品到店里接受查验、烹饪、品尝。经过品鉴，“挂枝树鸡”产品的品质得到了他们的一致认可，他们初步认为可以进行合作，并作为特色菜品重点打造。

如果合同签订，便意味着“挂枝树鸡”产品撬开了济南市场的口子，或可借机打开一个更大的市场。当时心里非常高兴，想象着“挂枝树鸡”产品从费县源源不断地运往济南，想象着父老乡亲通过“挂枝树鸡”产品有了源源不断的收入……

可是，自从和酒店达成初步合作意向后，就再也没有收到对方的信息。担心生变，我便主动和酒店采购负责人联系。对方却闪烁其词，拐弯抹角，始终不肯交流核心问题。我突然意识到一个问题——回扣，采购行业半公开的秘密。

人在屋檐下，不得不低头。虽然心里极其抵触这种事情，但为了最大限度地提高销量，最大限度地提高群众收入，此刻也只能接受了。对方见我终于“开窍”，丝毫没有避嫌和谦让，立马就步入了主题。

我向对方坦白自己的“愚笨”，希望他明确回扣的标准，尽快推进合作事宜。对方很爽快地给了答复：“两块钱，这是行业规矩。”

根据之前的沟通，酒店每天大约需要50只鸡，这样算下来，我们每天就要减少约100元的收入。虽然有些心疼，但也别无选择。

然而，现实证明我还是太天真和单纯：对方指的两块钱回扣不是按“只”算，而是按“斤”算。一只鸡按3斤算，回扣就要6块钱，一天300块钱，一个月就接近1万块钱。

当时，我的肺都快被气炸了！老百姓起早贪黑，风吹日晒，辛苦一年才能挣几个钱，他一个月就要吃1万块钱的回扣！实在是太过分了！

看着对方一副司空见惯的样子，我突然觉得自己太幼稚了。对方觉察到了我的不悦，便“善意”地提醒我，他会将采购价格适当提高，不会让老百姓吃亏。说这话的时候，仿佛他是一个体谅群众的善人，而我则是一个不懂事的孩子。或许，在他心里就是这个样子。

这么大的事情，我一个人不敢决定。和村里养殖户沟通后，大家也无奈地接受了这个“规则”。

正当我们准备签合同的时候，突然又接到一个消息：采购经理被酒店辞退了。大家心里明白，这个结果是早晚的事，只是来得有点突然。

有了这个经历，我们没有再和这家酒店合作。

还有一次，在和某大型民营企业的部门负责人聊天时，提到了村里贫困户发展林下养鸡的项目。我了解到该企业有酒店，还有员工食堂，每天对鸡肉的需求量比较大，便试探性地沟通采购“挂枝树鸡”产品一事。当时，对方答应得非常痛快，承诺第二天就安排人和我具体对接。

可是，第二天一直没有接到联系电话。再后来，也就不了了之了。我想，可能是对方工作比较忙，把这事忘了。

赶巧的是，不久后我们又在一个场合相遇了。这次，他主动聊起了采购“挂枝树鸡”产品的事，解释平日太忙把这事给耽误了，并再次承诺第二天安排人和我联系。

第二天，还是上一次的重复。我没有刻意强求这笔买卖，或许，对方也有难言之隐。

虽然，我们可能错过了几个大单，错过了一次发展机会，但我心里反而觉得这样更踏实。以前，总觉得获得或者占有才算是成功；现在，只要平平顺顺便是福。

半夜鸡叫

我上小学时读过一篇文章《半夜鸡叫》，说的是地主周扒皮每天天不亮就蹲在鸡圈旁学公鸡叫，以唤醒沉睡中的长工起床干活。故事主要突出了地主阶级对农民阶级的残酷剥削，也反映了旧社会农民的悲惨生活。

我在核桃峪村期间也经历了半夜鸡叫，但不同的是，核桃峪村的“半夜鸡叫”传递着新时代农民兄弟致富的期盼，寄托着大家对未来美好生活的希望。

在发展林下养鸡的过程中，我发现了一个有趣的现象：批量销售时，都是夜晚抓鸡。

夜幕下的挂枝树鸡

起初，我以为养殖户白天太忙来不及抓鸡，夜晚抓鸡是无奈之举。后来，庆卫给我解释了其中的奥秘。

白天，“挂枝树鸡”漫山遍野地撒欢，抓起来非常吃力；晚上，它们要么在树枝上休息，要么在鸡舍里休息，通常不会乱跑，相对而言更好捕抓。所以，养殖户一般都是夜晚抓鸡。可见，生活处处皆学问。

有一次，我跟着庆卫一家深夜抓鸡，切身感受了一把现场的“热闹”氛围，也体会到了养殖户的不易。

晚上 9 点左右，大家来到养殖基地，借着外面微弱的灯光便开始下手抓鸡，鸡舍里瞬间就沸腾了！一只只大公鸡在鸡舍里上蹿下跳，喔喔直叫，此起彼伏。小山村夜晚的宁静随之被撕开一道口子，一场“人鸡大战”的好戏正式拉开序幕。

第一次见到这么“激烈”的场面，心里猛然生起了几分胆怯。见状，庆卫善意地提醒我到鸡舍外等候，当然，可能是觉得我的衣着不适合抓鸡，也可能是觉得我在里面碍事。我自觉在此已无意义，便知趣地走出了鸡舍。

站在山坡上，望着夜晚的星空，听着鸡舍里的“惨叫”，脑海里不自觉地浮现出了周扒皮的样子。

白天在山上抓鸡到底有多难，绝大多数人想象不到，更没有体验过，但是我却不止一次的切身体验过。一天，为了“练胆儿”，我去山上尝试抓鸡。由于山势陡峭，树木杂乱，而且经验不足，不但没有抓到鸡，还把脚脖子扭伤了。这次经历提醒我们对抓鸡的方式进行了改进，也消除了后期“抓鸡”活动的隐患。

当初，为了拓展渠道，提升销量，我们联合有关机构开展过“上山抓鸡”的亲子活动。为避免游客发生像我一样的扭脚事件，我们专门“研制”了抓鸡的长条铁钩，让大家更好地感受成功的快感。铁钩虽然简易，但效果奇好，只要掌握要领，

中央电视台《生财有道》栏目组与大家合影

无论是大人还是小孩，基本上都能抓到鸡。这样一来，一家人体会到了抓鸡的快乐，心里自然高兴了。当然，更高兴的是养殖户，不用自己辛苦抓鸡，还能卖个好价钱。

在抓鸡的过程中，我还发现了一个有意思的现象。散养鸡性烈好斗，往往会自相残杀，从而导致“伤亡事故”，对此，庆卫给部分大公鸡“戴”上了眼镜。

初次见到“戴”眼镜的大公鸡着实让我发愣，听了庆卫专业而详细的介绍后，我的疑惑才解开了。我不禁连发感慨：一是农村有大智慧，二是有需求就会有市场。

此外，庆卫还介绍说，为了防止鸡因相互打斗导致的伤亡损耗，他不仅要给鸡“戴”眼镜，还要给鸡断喙。这些做法听起来有些残忍，但也是无奈的选择。我曾见过不少公鸡的尾羽被啄得一干二净，甚至连鸡屁股被啄烂流出了肠子，那场面非常血腥。当然，养殖户的损失才是最重要的。由此也能看得出，养鸡的风险无处不在。

无论是给大公鸡“戴”眼镜，还是给大公鸡断喙，或者是半夜抓鸡，都是农村工作的智慧，也是非常无奈的选择。同时，也让我深刻体会到养殖行业的不易。

中央电视台《新闻联播》栏目组到村采访时，庆卫一边介绍着脱贫的经历，一边忍不住地掉下眼泪。大家只看到庆卫挣了钱、买了汽车、改变了命运，但是，谁又体会过他的付出和艰辛？现实中，没有哪个人能随随便便就成功。

逢年过节，庆卫总会给我打电话介绍当年的收成情况。每次听到他的进步和发展，我都会由衷地为他高兴，脑海里也会浮现出他辛苦劳作的身影和半夜的鸡叫……

济南联动扶贫基地

2016 年 10 月 27 日，“挂枝树鸡”这一扶贫项目正式走出核桃峪村，落户济南市历城区柳埠镇大峪村，当天还举行了隆重的揭牌暨媒体签约仪式，这也成为济南市与临沂市首个精准扶贫合作项目。

2016 年 7 月份，山东广播电视台乡村广播主持人刘款款、济南市委办公厅派驻柳埠镇大峪村第一书记冯传真一行到核桃峪村调研扶贫工作。作为扶贫一线的战友，又是来自家乡的同龄人，我们相谈甚欢，大有相见恨晚的感觉。从驻村扶贫到机关工作，从家庭生活到兴趣爱好，直到凌晨我们都没有聊够。后来，索性跟他们一起去周边村子参观学习，顺便继续深入探讨沟通。

交流多了，我对冯传真书记和他帮扶的村子有了更深入的了解。冯书记刚到村里工作时间不长，希望多与其他第一书记交流，尽快熟悉驻村扶贫工作，就通过媒体圈的朋友介绍，来到了临沂市费县参观学习。冯书记帮扶的村子也是山村，村里同样以种植核桃为主，群众收入来源相对单一。这一切，与核桃峪村几乎一样。所以，我们的话题更多了，交流起来也更亲近。

聊到地形地貌，自然而然就聊到了因地制宜的“挂枝树鸡”。第一次听到“挂枝树鸡”时，冯书记和大多数人一样感到非常好奇，这到底是个什么东西？

刘款款在“挂枝树鸡”基地留影

调研的路上，我们有充足的交流时间。从品牌名称的由来到带动贫困群众脱贫，从养殖经验到群众收益，我都和冯书记详细

济南基地

地进行了交流探讨。

看得出，冯书记对这个项目非常感兴趣，甚至有些着迷。在调研的路上，我们就初步达成了合作意向。

为了让大峪村的群众充分了解“挂枝树鸡”项目，也为了将这个项目做扎实做细致，冯书记很快就组织大峪村的村干部和群众代表到核桃峪村现场参观交流。

熟悉的山地，熟悉的核桃树，唯一不同的是核桃峪村发展了林下养殖，而大峪村核桃树下却是空荡荡的。特别是听说一只鸡的年纯收益约 20 元时，大峪村的村干部和群众代表更是惊讶道：原来闲置的空间里居然有这么大的利润！还有大峪村的群众当场表示：我们既有资源优势，又有地理位置（省会）优势，人家核桃峪村的乡亲能在核桃树下刨钱，我们也一定能做好这个项目。

现场参观后，我们很快就达成了合作框架：双方按照“统一品牌，统一品种，统一管理，统一价格，统一销售”的模式，在济南市柳埠镇大峪村、宝峪村建立 5 处林下养殖基地，5 年内无偿使用“挂枝树鸡”品牌。

很多人认为，5 年无偿使用品牌的协议会使核桃峪村“吃亏”，实际上我们一点也不吃亏。一方面，品牌创立初期最重要的是推广品牌，品牌推广的过程就是提升附加值的过程；另一方面，虽然给出了 5 年无偿使用的政策，但也设定了“统一品种”的要求，即合作方必须从核桃峪村购进鸡苗，仅第一次合作就销售 5000 只鸡苗，以每只鸡苗 2 元纯利润计算，单次即可获得 1 万元的纯收益；此外，随着“挂枝树鸡”品牌影响力的提升，其他地方的合作伙伴也主动找上门来，先后有兰陵县、淄博市、菏泽市等地的第一书记来村里采购鸡苗，这在一定程度上又增加了我们的收益。这样算下来，我们不仅没吃亏，还要偷着笑呢。

第四章

核桃产业

核桃峪村因核桃而得名，也借核桃而发展。近年来，由于核桃品种杂乱、管理粗放、竞争无序等原因，核桃产量下降，价格低迷，群众因此看不到脱贫致富的希望。为此，我们创新办法，大胆探索，有效破解林地流转瓶颈，切实推动了土地流转、集中改良等工作。可以说，大家用“敢叫日月换新天”的勇气和魄力，硬是在一片面临荒废的核桃林里注入了重生的希望。

土地流转

在核桃峪村入户走访初期，我会简单了解一下群众家里有几亩地、每年的收成等情况。可大家的答案让我十分费解：只知道家里有多少棵核桃树，不知道家里有几亩地，收入情况更是让人捉摸不透。

起初，我以为大家和我不熟悉，不方便透露这些敏感的数据。要不然，整天和土地打交道的老百姓，哪能不知道这些基本情况呢？作为一个长期在外工作、常年不回老家的人，我还知道家里有一亩二分地呢。

曾经有段时间，我一直为自己的鲁莽、无知和直接而懊悔，哪能在彼此不熟悉的情况就打听这么隐私的问题呢？这样不但得不到想要的答案，还把自己年轻无知的弊端暴露无遗。

可是，随着我与大家日渐熟悉，再提及类似问题，还是得不到想要的

核桃山谷被评为“省级经济林标准化示范园”

答案。即便和陈庆亮书记聊天，他也是告诉我山前那片林子有多少棵核桃树，山后那片林子有多少棵核桃树，东岭那片林子有多少棵核桃树，等等，至于有多少亩地，他自己也不清楚。当问到他核桃收成情况时，他的答案更有意思：山地薄厚不同，树的品种不同，每棵树的收成就不同。

虽然我离开农村好多年了，但毕竟也有20多年的农村生活经历。记忆中，老家的玉米和小麦都是按亩来算收成的，怎么到核桃峪村就改变核算单位了呢？

听到我的疑惑后，陈书记哈哈大笑，并耐心给我解释了缘由。大家对土地没有亩数的概念，主要是因为过去分地时考虑的更多的是公平原则，当然这里面也夹杂着些许的无奈。

山村的土地薄厚不均，对应的收成也不一样。为了确保公平公正，村里按土地薄厚程度进行分类，再将各类土地平分给每家每户。好处是雨露均沾，坏处是土地分散。

比如，村里的土地按薄厚程度分为A、B、C三类，村内有100户人家。那么，A类土地平均分成100份，每家一份。B类、C类土地以此类推。

这样下来，每家每户的核桃林都分布在好几个山头上，各自也只记得在每个山头上种了多少棵树，但对山地面积却没有概念。其实，这么零散地分布种植确实也没法统计面积。

关于每年的收成问题，也因土地的薄厚程度不同而不一。A类土地土壤最肥沃，收成往往最好，B类、C类则依次递减。

另外，核桃的收成情况除了和土地肥沃程度有关，还和日常管理有很大关系。比如，经过嫁接改良、适时浇灌等科学管理的核桃树收入会高一些。而放任不管的核桃树则收益较少，甚至会绝产。

有一次，一位村民指着一座山头说，这片林子里不下二十个核桃品种。有的树一年收成可以过百元，有的也就几十块钱，还有的都不够工钱。

外出打工的年轻人一天的工资一般有二三百块钱，让他们请假回村摘核桃根本划不来。此外，摘核桃的艰辛，很多人是无法体会，更是难以承受的。

所以，山上每年都会有一定数量的核桃树被荒弃。

很多群众面对这实际情况不停地感慨：再这样下去，好好的一片核桃园就要被毁了。

真的会出现群众担心的后果吗？当然不会，还有一部分核桃树通过嫁接改良等科学管理方式，每年都会有不错的收成，这部分核桃园大多由农村合作社统一管理。由此，我们也明确了拯救核桃园的方向：先把土地流转出来，再交给合作社统一管理、统一改良、统一销售。

理论很简单，关键是能不能在现实中落地，很多细节还需要进一步论证。比如，群众是否愿意流转土地？合作社是否愿意接收土地？流转价格定多少才能让双方都满意？

针对土地流转问题，我曾征求过马庄镇时任党委书记臧德厚的意见，并得到了他的充分认可和大力支持。即使在其调离马庄镇之后，他还曾发信息询问土地流转的进度。可见，土地流转在当地领导心里的分量有多重。

地方政府重视，广大村民期盼，就是我们工作的方向和动力。无论成功与否，我们都应去探索尝试。即便是不可行的，我们也可为今后的土地流转积累经验。

三种方案

通过一段时间的走访我了解到，绝大多数村民认为只要价格合适，都支持并期盼着尽快流转土地；另外，绿缘、青石岭、文江等几家符合要求的合作社都有承包土地的意向。目前，最大的问题是流转价格。

目标进一步明确，精力也就更加集中。我们多次召开党员大会和村民代表大会，明确工作思路。首先，与群众充分沟通，分析土地流转的现实意义和长远利益，最大限度地保护村民利益，消除大家的顾虑；其次，邀请县果业局、物价局、镇林业站和村民代表等组成专班，对流转范围内的每一棵树进行评估，根据土地、树龄、品种等因素逐一定价，评估和定价全程接受群众监督；再次，评估价格经群众认可后，现场签字确认；最后，明确合同年限和结算周期。

经过慎重考虑，我们在土山后自然村先进行了试点，总结经验后又在大湾自然村和杏树湾自然村推动土地流转。最终，结合各个自然村的实际情况，形成了三种土地流转模式。

1. 土山后自然村流转模式——按人口数量每年领取固定补偿款。该自然村核桃林地较为集中，核桃树均未进行嫁接改良，且每家每户都有数量大体一致的核桃树。针对这种情况，村里先后多次召开村民大会，征求大家意见，寻求平衡点。最终与承包方达成一致：村里群众每人每年获补贴150 元。根据群众建议和现实情况，每家人口数量以上次分地时的在册数量为准。此外，承包方在收获季节优先雇佣本村贫困户采摘、去皮、清洗、运输核桃，增加困难家庭收入。根据往年的数据统计，这样可使村民平均收入提高 20% 左右。

工作人员核定核桃树数量和价格

2. 大湾自然村流转模式——对核桃树估价后每年领取固定补偿款。大湾自然村的核桃树有两种情况，一部分是原有的老品种核桃，效益较低；另一部分进行了嫁接改良，效益较高，所以两者价格不一样，不能照搬土山后自然村的经验。为此，经过村里研究和征求群众意见，决定对每一棵核桃树进行合理估价，统一对外流转。为确保估价的公平、公正，我们邀请物价、农业部门、林果专家、村民代表等组成评估专班，现场办公，

土地流转现场

认真核定每一棵核桃树的价格，土地则不再单独计算价格。树价确定后，根据自然村和承包方双方意愿，签订流转合同。

3. 杏树湾自然村流转模式——对核桃树及土地综合估价后每年领取固定补偿款。杏树湾自然村核桃树种植比较分散，有的地方土壤肥沃，核桃树较为密集；有的地方均为裸岩，土地大面积闲置。如果单一地按照核桃树数量或者土地面积计算，群众利益都会受损。针对这个情况，村干部与群众商议决定，果树和土地分别估价，按照两者综合评估价格对外流转。承包方对此方案表示接受，双方协商价格达成一致后，也顺利签订流转合同。

为了方便合作社签合同，也考虑到村集体的收益问题，我们并没有让合作社和群众直接签订土地流转协议，而是由村集体先和村民签协议，再由村集体和合作社签协议。这样，村集体在中间搭桥，群众心里会更加踏实；村委还能按照流转面积提取一定的费用，这样也解决了村集体收入的问题。

土地流转是土地改革的大趋势，规模种植也是未来农业发展的方向。虽然试点期间流转面积不多，但却积累了丰富的土地流转经验，同时，也让群众逐渐认识到了土地流转的好处，后期更加积极地配合流转工作。

2017 年我离开核桃峪村时，村里按照上述三种方案又集中流转了部分土地，整体流转面积超过了 300 亩。2019 年，听群众介绍，村里流转的土地面积已经超过了 2000 亩。

二十年前的契约

村里群众给我的印象是大大咧咧、凡事都不太在乎的样子。直到土地流转分红时，一本二十年前的契约摆在我面前，才彻底改变了我对大家的印象。

根据土山后自然村的实际情况，结合群众意愿，最终确定按照人口数量每年进行定额分红。在与承包核桃园的合作社的沟通过程中，我们也是最大限度地保障群众利益。

按理说，召开了村民代表大会并通过了流转方案，流转价格也是按照上限予以确定，下一步工作应该可以很顺利地推进了。可是，左等右等就是没等来群众签协议。

有一天，我实在坐不住了，便打电话问村干部具体原因。村干部答复是户籍在册人数和村里实有人数不一致，仍在核实和研究中。

关于村里的人口数量问题，我这个城里人有着太多的感触。一方面，由于前几年村里计划生育工作抓得紧，超生的孩子无法落户，导致实有人数和户籍在册人数不一致；另一方面，村里姑娘结婚

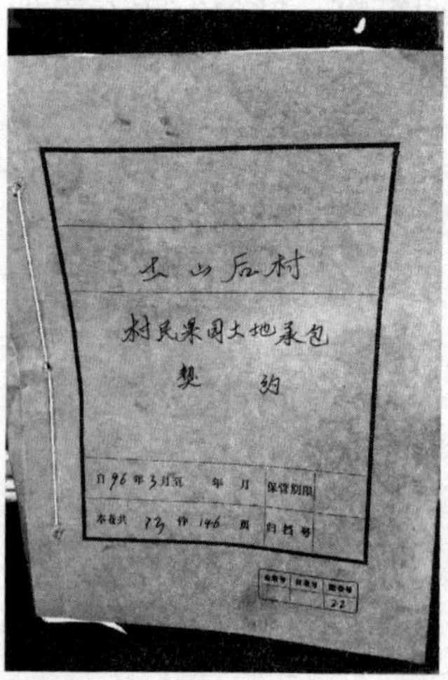

20年前的土地承包契约

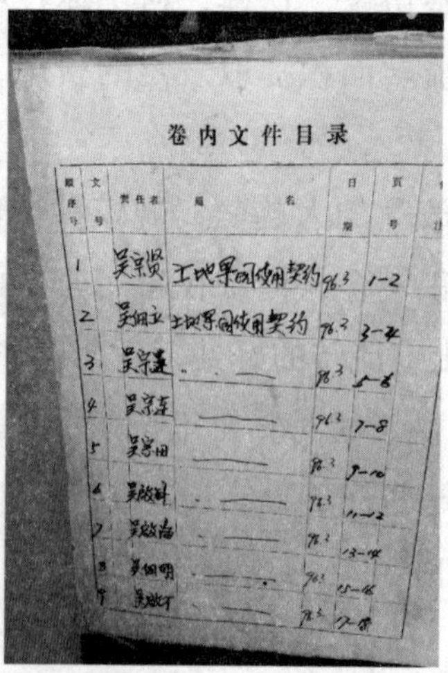

土地承包契约内卷资料

嫁到外地，但孩子由娘家帮忙照看，但凡涉及利益问题，都想给自家孩子争取一份。此外，还有其他各种的原因。所以，我也非常理解村干部的难处。

后来，我约了村干部一块商量办法。自20世纪80年代实行土地承包政策以来，村里一直坚持“增人不增地，减人不减地”的原则。所以，现在土地流转分红是按二十年前的人数分，还是按现在的人口分，大家对此存在争议。

二十年前，家庭人口数量普遍较多。20世纪80年代后，我国实行计划生育政策，人口数量逐步减少。如果按照二十年前的人口数量分红，承包林地的合作社就要增加成本；如果按照现有人口数量分红，群众的利益就会受到一定的损害。这个问题，确实把大家难住了。

为了尽快推动土地流转，又有效保障群众利益，我们再次和承包商坐到一起商量办法。好在对方比较爽快，对这块林地也比较满意，经认真核算成本后，便同意按照二十年前的户籍人数进行分红。但是，对方也提出了一个条件——必须拿出二十年前的户籍证明。

承包商的心情大家也完全可以理解，毕竟腰包里掏出来的都是真金白银，不可能随随便便往外送。如果按每人每年150元的标准，假设一个自然村多出100个人，承包商每年就要多支出1.5万元，十年就是15万元。

但是，我担心村里的档案管理不规范，找不到二十年前的户籍。如果缺失了这个证据，不光拿不到分红，整个土地流转工作都要泡汤了。这是第一个试点自然村，第一枪若哑火，其他自然村的工作也都没法推进了。

我与村干部沟通，询问是否能找到二十年前的户籍。大家都没有把握，只能到镇政府碰碰运气，看看档案里有没有相关资料。

听到村干部答复的那一刻，我的心里已经凉了一半。二十年过去了，这么长的时间里，即便档案已丢失也是能理解的；另外，土山后自然村原属于芍药山乡，芍药山乡后来并入马庄镇，乡镇合并过程中也存在丢失档案的可能；再者，基层的条件相对简陋，很难有专门的人员、设备、空间保管这么久远的资料。

忐忑的心情让人变得焦虑。令人高兴的是，村干部很快就传来了好消息——二十年前的土地契约档案找到了。

看着那泛黄的契约，我第一次感受到历史的厚重。这段尘封的记忆，承载着小山村的历史变迁。怀着敬畏的心情，我小心翼翼地翻动着页码，生怕惊扰了册子上的先人。看着那些陌生的名字，我就像一个闯入历史的穿越者，要对村里的先人负责，也要对眼前的人负责。一种莫名的压力突然压在心头，久久不能散去。

我经常回想起这本二十年前的契约，也经常用它来提醒自己，群众利益无小事，如果考虑不细、处理不当，就会埋下隐患，甚至影响大局。

“不要脸”的工作方式

三年的驻村经历，让我有机会深入了解基层干部的工作和生活，也让我深切体会到基层干部的不易。基层干部面对的往往都是群众的切身利益，所以，工作中往往面临许多挑战和考验。基层干部经常自嘲：“为了推进工作，只能‘不要脸’了。”

某天，与一位年轻的乡镇干部聊天，他说正准备遴选考试，希望尽快离开乡镇。问及原因，答复是基层压力大，群众工作不好做，工作中不仅没有面子，有时甚至没有尊严。

这个说法让我非常吃惊。媒体报道中的房屋强拆、征地圈占、计划生育等事件，早已对基层干部进行了画像——蛮横霸道。在我的意识中，基层干部始终处于“强势”一方，而群众才是“弱势”一方。

然而，正是这几年的深入接触，彻底颠覆了我对基层干部的认识，也让我对那位年轻同志的话有了更深刻的体会。

2016 年，在核桃峪村试点土地流转的过程中，我实实在在地体验到了什么是“不要脸”的工作方式。

对于核桃峪村土地流转工作，乡镇主要领导高度重视，村里群众也热切期盼。为了积极稳妥地推动土地流转，我们制定了多种流转方案以符合不同自然村的实际情况，尽可能地提高流转价格以保障群众利益，选择实力最强的合作社以保障核桃园的长远发展。

前期各项工作推进得十分顺利，绝大多数群众都已经签字，同意了流转土地。但没想到，就在此时遇到一个“钉子户”，影响了整个工作的进程。

为了实现集中连片改良，村干部、承包户轮番到这一户人家做工作。可是对方要么避而不见，要么回避问题。后来，干脆住在外面工地上不回家。

为了表示诚意和决心，也为了尽快拿下这片林地，承包户和村干部打算开车去工地找对方，再努力争取一下。

这一切，我看在眼里，急在心里，也盼着早日实现土地集中流转。大家要去工地找对方让我非常感动和敬佩，所以就提议一块儿去和对方见面聊聊。当时的想法很简单，多一个人多一分力量嘛。

可是，当我提出这个想法时，大家都愣住了，认为我去工地不合适。工地比较远，来回一趟非常辛苦。另外，让我最好不要过多参与细节工作，避免今后遭纠缠麻烦；再者，他们这一趟也没有成功的把握，担心我的面子挂不住。

核桃峪村千年流苏树

我能理解，大家更多的是为我的“面子”考虑。在大家眼里，我是一名省直机关干部，无论职务高低，总归是“省里”下来的人。另外，正科级在省直机关虽是普通工作人员，但在乡镇层面相当于党委书记或镇长的级别，在县级层面也相当于局长的级别。

但是，在这么紧要的关头，我哪里

还顾得上什么脸面？当下最重要的就是尽快实现土地集中流转。为了打消大家的顾虑，我自嘲地说："只要有一线机会，'脸'可以不要了。"

最终，村干部和对方提前进行了沟通，确定了对方的工作地点和空闲时间，我们几人驱车 100 里路与其见面。

为了表示诚意和敬意，我们提前订好了餐馆，等着对方一起简单吃点饭。对方满口答应，但是直到夜里 10 点也不见人，更让人生气的是对方居然关机了。

凭借着之前获得的信息，又找人打听和带路，直到夜里 12 点我们才找到对方。

对方见这次无法回避，就硬着头皮尬聊，但始终一个态度：不同意流转土地。问其原因，答复是与土地感情太深。

无论是谈邻里感情，还是介绍核桃园长远规划发展，对方始终不肯正面回答。最终，我们以惨败收场。

面对这样的结果，我们连夜赶回了费县。此时，大家情绪都比较低落，一路沉默。另外，大家心里肯定也觉得让我这个"省里"干部丢了面子。

我在农村工作时间短，做的工作相对较少，但也经历了一些"颜面扫地"的事情。可想而知，常年奋战在一线的基层干部，他们遇到了多少困难，又受了多少委屈。所以，他们更需要大家的理解和尊重。

冻感冒的村干部

核桃峪村的土地流转工作总体是顺利的，虽然在其过程中出现了一些小插曲，但并没有影响整个大局。现在回想起那些曾经的问题和困难，反倒是增添了几分美好和温暖的回忆。

土地流转工作的重点之一是争取群众的支持。当初，我们决定召开村民大会，就是为了征求大家的意见，同时研究商议流转方案，并试探村民对流转价格的心理预期。

明确了工作思路，确定了村民大会方案，具体工作就转交给了村干部吴殿立和吴强，他们一个是土山后自然村支部书记，一个是土山后自然村主任。驻村期间，村里的许多具体工作大都是由村干部具体完成的，所以，要特别感谢他们的理解、支持和付出。

白天，村里的青壮年一般都在外工作，所以，重要事项一般都是先通知其家人，再由他们转告家里的“顶梁柱”，趁大家晚饭后的一点时间开会研究工作。久而久之，大家都习惯和默认了这种方式，村里只要有重要事项，晚上 7 点左右大家就会自发在村口集合。之所以要在村口集合，是因为自然村没有会议室，大家只能将就一下了。

为了确保每家每户都能收到消息，殿立和吴强几乎在村里跑了一个下午，他们尚未顾上吃晚饭，就到了开会的时间。我赶到村口时，他俩刚刚忙完，脸上透着一丝疲惫。

当时正值寒冬腊月，气温处于最低谷。我们之所以赶在这时候进行流转土地，也是为了赶上明年开春嫁接改良。

我刚到村口时，还感觉不出寒冷，可是仅仅待了一小会儿，就感觉浑身被冻透了。那一刻，犹如身处在一个冰箱里，周围的空气都要凝固了。夜晚的山村，总会有寒风相伴，虽然不大，但足以让人感受到它的威力。寒风首先攻克了脸部，然后慢慢侵入身体，整个人逐渐麻木了。每次寒风吹来，我都会下

村干部们学习核桃知识

意识地往上拉一下羽绒服的拉链,其实拉链早已被我拉到了脖子的顶部。

我相信，每一个在场的群众都感受到了这份寒冷，而殿立和吴强一定体会得更加深刻。来来回回地忙碌了大半天，少不了要出汗的。在傍晚的室外坚持开会，对他们的身体也是一个不小的考验。

因担心群众因为开会而冻感冒，第二天我专门给吴强打电话了解情况，庆幸的是大家都安然无恙。

我的内心刚刚释然，却在一次偶然的聊天中听说吴强因为开会而感冒了。我第一时间和吴强通电话，并得到了证实，当时内心无比地愧疚。原本要安慰和感谢吴强，没想到却得到了他的宽慰，让我不要把这件“小事”挂在心上。

殿立和吴强都是优秀的村干部，也是工作上的好战友和好兄弟。他们没有主动告诉我病情，说明他们为了大家而不计较个人得失；反过来，他们还主动宽慰我，说明他们体谅人，心思细。

在村里工作三年，我接触到不少像殿立、吴强一样的优秀村干部，也时常会思考一些村干部的使用和发展问题。

首先，如何挖掘优秀的村干部。在大多数农村，青壮年劳力都外出打工了，老人、妇女和孩子是村里的主力军。由于群体的特殊性，挖掘优秀村干部存在较大的难度。如果这种情况长期持续下去，可能会影响农村的管理和发展。

其次，如何培养优秀的村干部。农村干部的主要精力放在了做好乡镇政策精神和村里工作情况的上传下达上，学习、培训的机会相对较少。如果村里没有重点项目，工作中得到的锻炼机会则更少。所以，在农村干部培养的渠道和方式上还要下功夫。

再次,如何留住优秀的村干部。村干部日常工作累、工资待遇低、学习机会少、进步空间小,是摆在农村干部面前的现实问题,也是优秀农村年轻干部不断离开的主要原因。每次看到优秀的同志离开基层管理岗位,心里都会有种惘然若失的感觉。这不仅仅是村干部队伍的损失,更是村集体的损失。

核桃树“换头”

在费县当地，核桃树嫁接改良被称为“换头”。很长一段时间里，我不理解这个称呼的含义，直到亲身经历后才彻底明白。

要弄懂“换头”，必须先了解“嫁接”。嫁接，是植物的人工繁殖方法之一，就是把一种植物的枝或芽，嫁接到另一种植物的茎或根上，使接在一起的两个部分长成一棵完整的植株。嫁接的方式分为枝接和芽接。嫁接时，要使两个创面靠近并扎紧在一起，因细胞增生，彼此愈合成为维管组织连接在一起的一个整体，这就是嫁接的原理。接上去的枝或芽，叫作接穗；被接的植物体，叫作砧木或台木。接穗时一般选用具有2到4个芽的苗，嫁接后成为植物体的上部或顶部。就在这个环节，核桃树原来的枝头被砍掉，换上新品种的枝头，群众称为“换头”。

完成土地流转工作之后，我趁着周末回济南休息了两天，等周一再回到核桃峪村的时候，眼前的景象把我惊呆了：整个山谷里的核桃树都被“砍了头”，犹如刚刚经历了一场浩劫。待我定睛细看，这不是一场浩劫，而是一次重生！

“换头”后的核桃树

眼前的核桃园，就像一个刚刚理了寸头的青年，充满朝气和活力。此刻，它正向大家展示着健硕的身躯，与之前蓬头垢面的样子形成了鲜明对比。看着核桃园发生的巨大变化，

群众清理剪掉的核桃树枝

我内心抑制不住的喜悦早已悄然表露在脸上。

除了核桃树的变化，还有一众忙碌的村民：有人在为核桃树修枝，有人在园子里捡枝叶，有人用推车往外运废料，现场热火朝天，热闹非凡。那场景，一下勾起了我儿时麦收的记忆：割麦、捆绑、运输、晾晒、扬场、封存，男女老少齐上阵，欢声笑语，十分喜庆。我依然清晰地记得，麦收的工作量非常大，但那时每个人都好像有着使不完的劲儿。现在想来，那份力量来自收获的喜悦，来自对未来美好生活的期望。

我是一个感性的人，看到眼前的热闹场景，回想起儿时的那份快乐，眼睛瞬间就湿润了，我努力地控制着、掩饰着内心的激动，不让它们流露出来……

一位背着碎柴的大爷远远地朝我走来，他一边高兴地和我打招呼，一边开玩笑地问道："金书记，是不是不认识俺们村子了？"听着老人爽朗的笑声，我心里更加高兴。

一旁休息的大娘也说道："这片林子算是有盼头了，这么一收拾也怪板正滴。"刚说完，便合不拢嘴地笑了起来。

很多人可能会想，为什么要费这么大劲儿坚持给核桃树"换头"呢？

其实，"换头"也是不得已而为之。一是提高核桃价格。改良前的核桃品种杂乱，大小不一，口感一般，价格极低，干核桃批发价在每斤8元左右，而改良后的核桃价格则直线上升。比如，希尔、香玲等嫁接品种的批发价格在15元左右。二是提升核桃产量。老核桃树因缺少管理，表面上枝繁叶茂，实际上因为树的高度和枝叶阻挡了采光等因素，影响了核桃产量和质量。嫁接的同时，还会科学剪枝，从而提升核桃产量。三是改善核桃品相。

集中改良一般都会统一品种，成熟后的核桃不仅大小相似，口感也一样，有助于批量销售。

核桃改良不光有好的一面，也存在着不利的一面，最大的问题就是影响短期内的产量。嫁接当年，核桃树会绝产；第二年虽然开始结果，但是为了保护刚刚嫁接的树枝，也为了长远收益，果农会采取“打果”的方式减轻果树的负担；第三年，核桃树的收成才开始逐步恢复正常。虽然我们常说要注重长远利益，但是现实当中，很多人往往熬不过短暂的“眼前”，等不及“长远”。

核桃树集中改良后的某天，我去吴殿立书记家里走访，他家大嫂趁旁边没人的时候悄悄跟我说：“大兄弟，俺知道你是给村里做好事，但你可别把你大哥给坑了。这么多树换了头，万一群众或者合作社突然反悔，这几年群众减少的收入怎么算，俺和你大哥可赔不起。”

我笑着给大嫂解释，合作社跑不了，地和树更跑不了！

土地流转之初，我也曾担心过这个问题，但是经过分析之后觉得风险其实很低。首先，每年的流转费是预付的，即便合作社违约，群众也不用担心当年的收入；其次，嫁接改良的成本都由合作社承担，群众前期没有任何投入；再次，假设合作社后期不承包林地了，地和树还在村子里，而且经过了改良，核桃树本身已经“升值”了。

为了村子的改革发展，为了群众的长远利益，我愿意在可控范围内承担一点风险。我也非常感谢和珍惜这次机会，让我学习了果业知识，深入了解了农村的产业发展问题和群众生活的现实问题。作为一名在基层工作的同志，如果不主动去了解农业和农村，那才是真正的遗憾。

土地生金

电视剧《马向阳下乡记》中有句让人记忆深刻的话："让大槐树下长出金子。"核桃峪村没有大槐树，但有万亩核桃园，作为村里的第一书记，我也希望"核桃树下长出金子"。所以，我要在"树"上做文章，在"地"上下功夫。

土地流转后，我们实现了"一地生三金"，即群众流转土地挣租金、园区打工赚薪金、村集体中间收佣金。土地流转既解放了劳动力，也解决了村集体的收入问题，特别是对于自然村而言，开始有了村务支出的"零花钱"。

通过土地流转，村民不仅每年能拿到固定的收益，也不用再辛苦劳作了。往年核桃成熟时，看到老人带着年幼的孩子在核桃园里收核桃，我的心里都会隐隐作痛。

村里人把收核桃称为"打"核桃，这个叫法非常形象生动。核桃树长得比较高，单靠手臂无法完全够到，所以，就需要用长杆子把核桃打下来。这个过程十分辛苦，一方面，因为杆子自身有一定的重量，要用杆子的顶端精准打到核桃，这就不光要有足够的力量，还要有一定的技术；另一方面，核桃掉在地上就会乱跑，还要从地上把它们捡起来。老年人因为体力不支等原因，所以经常带着留守儿童一起捡拾核桃。

打核桃除了对体力有要求，在精神上也是一种考验。俗话说，七月核桃八月梨，九月柿子满大集。农历的七月，正是一年当中温度最高的时候，穿梭在茂密的核桃林中需要穿一层厚点的衣服防止枝叶刮擦和蚊虫叮咬。想象一下，烈日暴晒中，穿着厚衣服在核桃林间进行高强度的劳动，那是怎样的感受?

或许，80 后和 90 后已经很难忍受这种体力劳动了。年轻人不愿意回家收核桃，老年人随着年龄的增长也逐渐无力顾及。慢慢地，核桃园就面临着荒废的风险。

土地流转资金兑付现场

土地流转后，这些问题都迎刃而解了。老年人不用担心核桃园以后荒废，年轻人也不用回家受累打核桃，因为有合作社进行专业化管理。

朱大哥是核桃峪村的贫困户，也是我一直挂在心上的一个人。朱大哥自己腿部有残疾，妻子精神状态不好，女儿遗传了母亲的问题，幸好儿子各方面正常，但因在上学阶段，需要一些花费。平日里，朱大哥以干工地上体力活为主，兼顾种地补贴家用，出力不少，挣钱不多。土地流转之后，他可以安心地在工地上工作，不用再牵挂家里的核桃树。工地停工或农闲时，他还可以到合作社打工，再得一份收入。

核桃树下长出金子，不光让群众受益，也让村集体受益。

当初，为了调动村干部的积极性，也为了解决村集体的收入问题，我们和合作社约定，流转一亩地每年就要给村集体 50—100 元的中介佣金。

这个钱虽然不多，但是至少解决了自然村的收入问题。以土山后自然村为例，每年村集体因土地流转增收 5000 元，应付日常的会议、办公等基本支出是绰绰有余的。

我刚到核桃峪村的时候，各个自然村都没有集体收入，年底常常因为办公、会务等费用问题产生小争执，引起不愉快。自从土地流转给村集体带来了收益，这个问题也就迎刃而解了。

虽然“让核桃树下长满金子”的想法还没有实现，但是至少让“让核桃树下长出了金子”，更重要的是让群众认识到，只要转变发展思路，山沟沟里的地和树也是可以“富口袋”的。

文玩核桃

核桃峪村集中改良核桃品种的消息像插了翅膀一样，很快就传出去了。河北、山西等地商户的电话纷纷打过来，积极推荐自己的接穗和技术。除此之外，还给我们推荐了一个新鲜玩意儿——文玩核桃。

关于合作对接的具体事宜，由外地商户和本地的合作社直接联系，我不宜过问和参与。但是关于文玩核桃，我的观点比较明确——暂时不适合在核桃峪村大面积推广。这个观点也得到了当地合作社和群众的认可。

文玩核桃，一般是指麻核桃，具有皮厚、个大、褶皱多、不宜食用等特点。文玩核桃是对核桃进行特型、特色选择和加工后形成的有收藏价值的核桃，要求纹理深刻清晰、脉络相似，并且每对文玩核桃要外观一致，重量相当。文玩核桃需要花大工夫才能凑成一对儿。如果再加上能工巧匠的精心雕琢和多年把玩形成的老红色，就更显珍贵。目前，河北、天津等地已经形成了较为完善的文玩核桃市场。

从上面这些文字可以得出以下信息：一是并非所有的文玩核桃都有较高的价值；二是文玩核桃较为完善的市场主要在河北、天津一带；三是把玩核桃的人要有一定的资金实力和宽裕的时间。

精美的核桃工艺品

由此可以做出初步判断，核桃峪村不适合大规模发展文玩核桃。

在我到核桃峪村的一年多时间里，从未听父老乡亲聊起过文玩核桃。可见，大家对文玩核桃的了解非常少，或者种植发展的积极性不高。据我猜测，很多人根本不知道什么叫文玩核桃。此前，我也只是听说过文玩核桃，却没有亲眼见过，其到底是什么样子、经济效益如何、发展前景如何，我近乎一无所知。在这种情况下，我不能贸然参与意见。

文玩核桃

通过简单了解得知，发展文玩核桃要对核桃树进行嫁接改良。关于文玩核桃接穗，便宜点的大概几十元，贵点的需要几百元，再甚者要过千元。另外，文玩核桃对品相要求非常高，大小、重量、色泽、脉络等都要相近才具有收藏价值，或者才能卖出较高的价格。这样就面临着三个问题：一是文玩核桃改良的成本高，群众或者合作社是否愿意承担？二是文玩核桃的匹配度低，高淘汰率带来的风险如何化解？三是大规模嫁接改良，意味着村里的主导产业就要由食用核桃变为文玩核桃，对市场需求和发展前景是否有充足的信心？对于以上三点，我均没有把握。

对于费县甚至整个山东地区来说，核桃市场还是以食用核桃为主的。在文玩核桃市场不健全的情况下，如何考虑下一步的销路问题呢？目前，河北涞水、天津蓟县等地具有较为完善的市场，但总不能都拉到那里去，那样不仅成本高，而且受制于人。如果在费县本地培育文玩市场，显然是不现实的。任何一个市场的培育和发展，不仅需要一定的时间，还需要一条完整的产业链，我们等不起，当地也不具备形成产业链的条件。

再就是本地的消费能力不足。费县的父老乡亲淳朴、善良、勤奋、上进，如果发现某个人整天揣着核桃把玩，这人一定会被其他人视为另类，归为不务正业的群体。这并不是说费县的父老乡亲思想保守，而是体现了老区人民求真务实、勤劳致富的优良作风。在这种环境和氛围下，注定无法发展文玩核桃。

考虑到让父老乡亲开阔眼界，拓宽思路，合作社进行了少量的文玩核桃嫁接，接穗从几十元到近千元的价位不等。

2016年，马庄镇第三届核桃节上，合作社展示了文玩核桃及延伸产品。初次亮相，文玩核桃就吸引了大家的目光，有询问品种的，有询问价格的，还有凑热闹的，大家对新鲜玩意表现出了较高的热情，但是聊到文玩核桃的培育过程、市场前景时，大家都是相视一笑。

直到现在，我也不后悔对文玩核桃的态度和观点。有时候和群众聊起文玩核桃，大家都是比较谨慎的。至少，我们现在发展的食用核桃产业比较稳定，大家心里也比较踏实。

主导产业

农村产业结构有其自身的规律性，它是因地制宜、循序渐进、市场导向的结果。到核桃峪村之前，我一直都在考虑如何确立村里的主导产业。待我进村后，顾虑便打消了。

当时，村里的核桃产业已经成型，我不用再费心思确立主导产业了。后来我发现，现有核桃产业面临诸多问题：是继续保留还是寻找新的主导产业？如果继续保留，那该如何改进提升？如果发展新产业，又该从何下手呢？

关于主导产业，我始终认为是不能轻易调整的。作为一名机关同志，对农村、农业都是比较陌生的，原则上不能轻易对农村产业结构指手画脚。作为第一书记，我们到农村是去学习和接受教育的，千万不能搞错定位。

为了做好充分的任职准备，我在驻村前专门请教了前任第一书记，以及有经验的基层干部。他们的经历、感受对我之后的工作起到了非常大的指导和借鉴作用，特别是其中涉及主导产业的案例。

让我印象最深的是一个蔬菜大棚项目。帮扶人员为了帮助村里尽快确立主导产业，带动父老乡亲实现脱贫致富，经过考察和研究，决定投资建立两个蔬菜大棚，试点发展蔬菜产业。可是，等大棚建好之后却没有村民来承包，最后决定免费给村民使用。可奇怪的是，即便是免费使用，大家也不要。他们百思不得其解，便去询问当地群众。原来村里的土壤根本不适合发展蔬菜产业，埋下种子也长不出好蔬菜。所以，村民如果承包，其投入的人力和财力就会打水漂。无奈之下，他们决定为大棚“换土”。后期的结果，我没有再细问，估计如若土壤肥力不足，也很难有发展后劲。这件事情提醒我们，一定要在充分调研和吃透当地情况的基础上开展试点工作。

另外一件事情是发展多肉植物项目。前几年，多肉植物突然火了，而且火得一塌糊涂。从公司白领到家庭主妇，如果不养一点多肉植物就好像与时代脱钩了。很多人将此视为一个投资风口，好像只要投资了多肉项目，财富就会自动进入腰包。可是，现实给大家上了一课：该项目只想到了培育，却忽视了销售。等项目发展起来了，却发现既没有成熟的销售渠道，也没有专业的管理经验，甚至在包装、快递、运输等方面都严重缺乏经验。据说，仅运输过程中导致损坏的多肉植物就是一笔不小的损失。这件事情提醒我们，在培育任何项目之前，都要多考虑几步，至少销售路径要明确，要不然就成了群众口中的做事“只顾头不顾腚”了。

还有一件事是关于合作协议。某地一家企业主做地瓜深加工，原材料的

山村风光

为核桃园配备的太阳能杀虫灯

需求量非常大，原来都是从周边地区收购，后来与当地有关方面沟通协商，在本地推广种植地瓜，然后由企业负责收购，建立起了“企业 + 基地 + 农户”的合作模式。这个办法得到了大家的一致认可，认为如此一来，既可以解决企业原材料的短缺问题，又可以培育主导产业，带动群众致富。在各方面的共同努力下，企业和农户签订了协议，项目很快铺开了。可是，当地瓜成熟后，企业却不要了，因为所收地瓜不符合企业的质量要求。这下，群众不愿意了，不停地去企业讨说法。回头看协议时，相关内容写得含糊不清，模棱两可。最终，通过多次协调，才妥善处理了此事。这件事提醒我们，主导产业事关重大，各个环节都要小心、谨慎，不能为后期留下隐患。

平时，我在和村干部、群众聊天的过程中得知，核桃峪村之前也发展过其他林果业，经过时间的检验和实践的证明，核桃才是最适合村里的产业。可见，在核桃峪村的发展史上，主导产业也是在不断变化的。作为一个没有基层工作经验的年轻人，我又怎么能轻易地碰触村里的主导产业呢?

在深思熟虑之后，我决定尊重现实，因地制宜提升核桃产业产量和品质。这是相对保守的做法，也是最稳妥的办法。

农村是一个大舞台，也是一个大课堂，对于从机关走下去的同志来说，这里既有自我展示的舞台，也有努力学习的机会。只有本着学习的态度，本着严谨的态度，本着负责的态度，我们才能将基层工作做得更踏实。

我对未来负责

在我入村之初，我就给自己定下了四条规矩：一要保证政治安全，二要保证经济安全，三要保证作风安全，四要保证人身安全。

我曾经认为，只要做到这“四个安全”，平平安安回到济南，就是对单位最好的负责、对家庭最好的负责、对自己最好的负责。在这三的年时间里，身边有多位第一书记战友先后牺牲，这给亲人带去的伤痛、给家庭带来的遗憾是无法弥补的。根据国务院扶贫办的数据显示，截止到2019年6月底，全国共有770多人牺牲在扶贫岗位上。

那些曾经并肩奋战、畅谈未来的战友，生命却戛然而止。每每回想起来，都会心痛不止。他们年迈的父母晚年生活怎样度过？他们年幼的子女未来人生将被怎样改写？我想象不到，也不敢去想，甚至不愿去想。

相对于他们，我是幸运的，也是幸福的。我平平安安地回到了济南，每天陪着父母妻儿过着幸福的生活。想一想逝去的战友，我们还有什么不满足的。驻村的三年时间里，每逢听到第一书记牺牲的消息，我都会在为大家祈祷的同时，不停地告诫自己：“我是幸运的，也是幸福的，要好好珍惜现在的生活，珍惜眼前的一切。”

大小不一的核桃

驻村期间，我严格地遵守着四条规矩，努力地保障着“四个安全”，又不断积极地融入农村的生活。

我一直认为自己是一个

核桃丰收

感性的人，在村子里待的时间越长，内心就会变得越发敏感和脆弱。有一次，我在新闻上看到一个病危的小姑娘向社会求助，便毫不犹豫地向爱心账号转了2000块钱。经历过一件件苦难的事情，看过一个个困难的家庭，我觉得每个人都应该努力成为有大爱的人，去尽力帮助那些有需要的人，去做一些更有意义的事情，哪怕是尽一点微薄之力。

核桃峪村绝大多数群众生活是无忧的，但村里的改革发展却存在很多的问题，其中，做大做强核桃产业是最大的瓶颈问题。这个问题事关整个产业的未来走向，事关核桃峪村父老乡亲的收入。我想，如果能处理好这个问题，也算是一种大爱。

发展核桃产业，提高核桃的产量和品质，就离不开土地流转，少不了集中改良。这一点，当地党委政府很清楚，群众心里也很明白，但是因为这件事涉及面广，牵扯群众切身利益，推动起来就非常谨慎。在大家的充分论证和积极准备下，我们顶住压力，做通群众思想工作，积极推动了土地流转和集中改良。

基层大部分工作都会涉及群众的切身利益，如果不能恰当地处理，不仅会为日后工作埋下隐患，还会影响干群关系。但是，关键时刻总要有人定夺，总要有人负责，我想，这个时候就是党员干部站出来的时候。作为村里的第一书记，我愿意为村子的未来发展承担一点风险，我相信，我也能担负起这份责任。

五年过去了，回头再看这件事，没有后悔，也没有遗憾，反而值得庆幸，庆幸我们当初做了这件事。